探索歷史新天地，
飽覽歷史新智慧。

歷史新天地

歷史新天地⑤

雅言——臺灣掌故三百篇

作　　者／　連雅堂
主　　編／　黃　驗
責任編輯／　翁淑靜
發 行 人／　王榮文
出 版 者／　實學社出版股份有限公司
台北市100中正區汀州路三段184號6樓之1
電話：(02) 2369-5491　傳眞：(02) 2365-6840
讀者服務專線：(02) 2365-1212

製作印刷／　鴻柏印刷事業股份有限公司
電話：(02) 2247-0989　傳眞：(02) 2248-1021

總 經 銷／　遠流出版事業股份有限公司
台北市100中正區汀州路三段184號7樓之5
郵撥帳號：0189456-1
電話：(02) 2365-1212　傳眞：(02) 2365-7979
YLib 遠流博識網
http : //www.ylib.com
E-mail : ylib@ylib.com

法律顧問／　蕭雄淋律師
電話：(02) 2367-7575　傳眞：(02) 2369-2525

初版一刷／　二〇〇二年 8 月 1 日
I S B N／　957-2072-44-7
定　　價／　200元

行政院新聞局局版臺業字第6433號

歷史新天地⑤

雅言

• 臺灣掌故三百篇

連雅堂／著

【歷史新天地】

出版緣起

王榮文

歷史，是人類最龐大、最珍貴的知識庫。

「歷史知識庫」所儲存的史料，是數千年來人類智慧的結晶。西方學者休姆說：「有史以來，全人類盡在我們的面前接受檢閱，我們還可能想像何種景象會比這更壯觀、多變而有趣？」

壯觀而有趣的歷史，不斷地以掌故、成語以及其他各種形式，重現在現代經驗中。不少公衆人物脫口而出便是一段歷史，把現代事務與歷史經驗做了鮮活的比擬，譬如：

——政權輪替後，新的執政黨自我期勉說：過去扮演張飛，現在要當孔明。

——中央與地方財政收支劃分引起軒然大波，地方首長說：這是中央政府「二桃殺三士」！

——企業領導人，舉諸葛亮與司馬懿性格之差異，隱喻自己與競爭對手不同的領導風格。

具有經驗價值的史事，膾炙人口，成爲範例、典故，是後世解決類似問題的借鏡；這些歷史資產，在公衆人物的援引或發揮下，更貼近了現代經驗。我們可以這樣說：歷史與現在，如影隨形。對照整個「歷史知識庫」可以發現——千百年來，歷史事件不斷重演，經驗不斷複製，所以英語中有句格言說："History repeats itself"，只要我們用心探索，一定可以在歷史知識庫中找出「歷史與現在」的各種關聯，找到了借鏡。

「歷史知識庫」像一座大觀園，五花八門，諸多智產、寶物庋藏何處，難以查索。這座知識庫最迫切需要的是：讀取系統的建立。

【歷史新天地】叢書，試圖建立一種讀取系統——從浩瀚的歷史中切入，整理其中具有現代啓示的部分，注入活水，化爲實用知識；【歷史新天地】叢書更將探索一種可能性——當歷史可以古爲今用時，是否也預含了對未來的創造？

我們希望這一個探索與嘗試，可以讓【歷史新天地】兼具了「歷史的入口處」與「未來的接駁站」兩種功能；更期望「歷史」的範疇，在新天地中放大——今天之前，就是歷史；每一種產業及其文化，都可以發掘歷史。

這是一個重新解讀歷史、改變用途的時代，讓我們一起來探索歷史的新天地，飽覽歷史的新智慧！

代序

一份源遠流長的臺灣情

——寫於《雅言》重刊之前

連戰

1

民國十九年九月九日，臺南地方有志之士創辦《三六九小報》，以宏揚中華文化爲要旨。他們的著眼點是「日化漸厲，華文就微」——在日本對臺灣實施皇民化政策的擠迫之下，臺灣文化越來越趨於弱勢，因而有了這份文化報的發刊。

先祖父雅堂公，樂見文化界這樣的努力，因而在《三六九小報》開闢了「臺灣考古錄」、「臺灣語講座」、「雅言」等專欄，總共發表了三百多則的臺灣掌故，《雅言》一書就是從這裡產生、集結而成的。

2

發表「雅言」專欄之前十年，先祖父所撰的《臺灣通史》告成，在臺灣刻印問世。《臺灣通史》是一部嚴謹的學術著作，上起隋朝，下迄光緒，一千三百年來的臺灣史事盡收在焉。「中華叢書委員會」於民國四十四年重刊《臺灣通史》時說：這部著作「博引舊籍，廣蒐遺聞，其間愛國保種之情，溢於言表，洵足以振奮人心，發揚正氣，不但存臺灣之文獻，亦爲近數百年之國史鉅著。」

3

相較於《臺灣通史》這樣的巨構，《雅言》是一部短篇、雋永的小品，以隨筆的形式寫成。雖是短篇雜記，有的篇幅甚至只有三言兩語，讀來卻倍感親切、新鮮，百年前的臺灣生活諸貌，歷歷如在眼前，有時令人莞薾，有時令人驚嘆。在輕鬆閱讀之際，卻有幾點特色令人印象深刻：

其一：臺灣先民的生活習慣、鄉土民俗、思想語言，舉凡一事一物，一字一詞，都有來歷，可以追溯千百年前的根源，譬如：

度晬（生子滿周歲），臺灣民間習俗以筆墨、錢幣、紅龜等十二種物品，讓小兒抓取，從其所抓取之物，研判小兒的性向，謂之「試周」；早在北齊時代，顏之推所撰的《顏氏家訓》就已記載江南習俗，「爲製新衣，盥浴裝飾，男則用弓矢紙筆、女則用刀尺針縷及珍寶玩物，置之兒前，觀其發意所取，以驗貪廉、智愚，謂之『試兒』。」換句話說，六朝時代已有此俗。又如：查甫（臺灣語指男子）一詞，可以追溯到《說文》、《儀禮》等幾千年前的典籍，並且可以找出「查甫」語音的傳承與變化。

《雅言》一書，不僅是蒐羅、紀錄掌故而已，更追根究柢，理出它們的來龍去脈。

其二：一個社會，其文化發展受到政治、經濟、地理等因素的影響而產生獨特性。早年臺灣是移民社會，偏處一隅，以及多用漳、泉語，自然衍生出獨特的生活用語，譬如口頭禪「佗去」、「食未」：由於先民篳路藍縷，一出家門，每有災害，路上相遇詢問哪裡去（佗去），有守望相助之義；日常碰面，互問吃了沒（食未），有祝人平安無事之意。這些生活語言，今已習焉而不察，經由《雅言》一書的詮釋，讓人豁然開朗！

其三：臺灣文化在時代的發展變遷之下、在強勢的日本文化的衝擊與排擠下，有許多風俗、禮儀、曲藝、傳統技術等都漸次消失，譬如：具有地方特色的戲曲日漸式微、擁有特殊技藝的民間藝人凋零、傳統民俗活動變調失色等等，即以端午節的習俗爲例，《雅言》中說：

「端午競渡，其來已久。五十年前，臺南商業尚盛；『三郊』之外，又有『洋行』。先期製錦標，附彩物，裝詩意，導以鼓吹，遊行市上。至時各駕龍舟，集於五條港口，鳴金爲號，擊槳如飛，以奪錦標爲勝。觀者雜遝，數日始罷。誠可謂海國之水嬉，而昇平之樂事也；而今亡矣！」

每一個時代，都會面臨傳統文化所面臨的傳承與維護的困境，因素各有不同，難題卻都相似，重讀《雅言》，讓我們了解：保存具有地方特色的文化，刻不容緩！

4

先祖父在書中處處流露出對臺灣文化的熱忱與憂心，其中有一段話說：「一息尚存，此志不泯。余將再竭其綿力，網羅放失，綴輯成書，以揚臺灣之文化。」先祖父以一貫的信念與努力，具體呈現了對臺灣的熱愛。他善盡了一個歷史工作者的時代使命。

臺灣這塊土地，是先民們胼手胝足，共同耕耘而來的，我們生於斯、長於斯，繼踵先民的足跡，傳承先民的重託，義無反顧。經由《雅言》的重新編排印行，個人衷心期盼，這重新發行的是一種源遠流長的臺灣情，是一份歷久彌新的臺灣愛；這是每一個人與生俱來的權利，也是不可旁貸的責任。

讓我們一起行動！

【推薦人簡介】連戰，爲連雅堂之孫。美國芝加哥大學政治學博士，曾任行政院長、副總統等職，現爲中國國民黨主席。

推薦

認識臺灣歷史文化的一扇窗

馬英九

許多學子們都讀過《臺灣通史》的那篇序：「臺灣固無史也，荷人啓之，鄭氏作之，清代營之，開物成物，以立我丕基，至於今三百有餘年矣。……臺灣固海上之荒島爾，篳路藍縷，以啓山林。」讀過的人皆知《臺灣通史》是連雅堂先生的大作，卻不一定知道連先生是一位多產作家，還撰有《雅言》、《臺灣語典》、《雅堂文集》、《臺灣漫談》等多部作品，被譽爲「第一位有系統地研究臺灣歷史、語言、文學的作家」。

《臺灣通史》是一部嚴謹的史學著作，而《雅言》則是一道精緻的掌故小品，這部紀錄臺灣掌故的專著，有幾個劃時代的意義：

一、這是了解臺灣歷史的一本小百科

《雅言》是臺灣歷史的小小百科，從閩南語源流、臺灣文學藝術、建築工藝、出土文物、典章制度，到風土民俗、生活習慣等等，無所不包；從荷蘭、鄭成功、清朝以迄日據時代，四百年來的民俗掌故，多所搜錄。

二、這是了解臺灣文化淵源的一本工具書

作者對於一個詞語、一件文物、一種禮俗、一個地名的來歷或變遷，都加以研究、考證。譬如：查甫、查某、阿老、食未……等等，都可追溯其源頭，知其來龍去脈；又如：萬華，最早稱爲「蟒甲」，書寫爲「艋舺」、「文甲」。蟒甲是「獨木舟」之意，早期原住民駕獨木舟來萬華進行交易，因此稱萬華爲蟒甲。如果不了解這些掌故、歷史，便有知其然而不知其所以然的遺憾。

作者指出，「臺灣之語各有來歷，昧者不察，隨便亂書，以訛傳訛。」因此特別重視一事一物、一詞一語的起源與變遷。作者不僅是蒐集紀錄掌故，更進一步研究考證，追根究柢。

三、這是了解正統閩南話的一本參考書

《雅言》一書中記錄許多道地、正統的閩南語，如：煮糜（煮稀飯）、捙風（吹牛）、辛勞（勞

ㄝ）、拔繳（賭博）等等，英九學習閩南語多年，見到這些詞語也甚感新鮮；書中有不少臺灣成語典故饒具意義，譬如「作雞著掅，作人著㨂」、「賣瓷兮食缺，織席兮困椅」、「拔落囝仔坑」之類，一方面反映了農業社會的生活背景，一方面蘊含了先民深刻的人生哲學。從這些臺灣話中，更可以想像臺灣先民們胼手胝足、打拼一生的精神。

從《雅言》的字裡行間，可以感受到作者對臺灣文化整理與維護的苦心孤詣，作者以捨我其誰的態度，以可觀的成績，展現了他對臺灣的熱愛；今天，在這塊土地上打拼的每一個人，更應該念茲在茲，一起來認識這數百年來的斯土斯民，肩負起承先啓後的責任。

愛臺灣，不僅是一種理念，更要化爲行動，就讓我們從眞正認識臺灣歷史文化開始；這一本掌故書，便是一個很好的窗口！

【推薦人簡介】馬英九，哈佛大學法學博士，曾任陸委會副主委、法務部長等職，現爲台北市長。

【本書編排說明】

一、《雅言》一書，是由報紙上的專欄文章集結而成。寫於民國二十一年至二十二年間。

二、本書採用之版本，爲民國五十二年臺灣銀行經濟研究室發行之版本；本書之出版，已取得《雅言》一書之版權授與人、同時也是作者連雅堂先生之孫，連戰先生的授權。

三、本書共收錄臺灣掌故三百零四篇，原臺銀經研室版僅以數字區分各篇；本書爲求閱讀查索之方便，每一篇均加上篇名，並分爲十章。

四、本書作者精通古文、學識淵博，行文之間偶有古字或不常用字，其難懂之字，均根據《辭源》予以注釋；其中少數用字顯然爲本書首次發表於報刊時，檢字之誤，如：熙熙攘攘，「攘」字排爲「穰」；如「淡巴菰」誤植爲「淡巴狐」等，皆予以改正。

五、本書使用部分較爲生澀難懂之臺語，均由編輯加以注釋；注釋內容，引用自作者另一專書《臺灣語典》。

六、本書對原住民稱之爲「番」，係沿用舊稱。時過境遷，與現今之稱呼用法不合；惟因本書已成歷史文獻，書中此一用語保留不改，請讀者諒察。

雅言

目錄

【歷史新天地叢書5】

雅言

第一章

臺語探源

李國初版畫：豐年（局部）

01《臺灣語典》

比年❶以來，我臺人士輒唱鄉土文學，且有臺灣語改造之議；此余平素之計劃也。顧言之似易而行之實難，何也？能言者未必能行，能行者又不肯行；此臺灣文學所以日趨萎靡也。夫欲提唱鄉土文學，必先整理鄉土語言。而整理之事，千頭萬緒：如何著手、如何搜羅、如何研究、如何決定？非有淹博❷之學問、精密之心思，副之以堅毅之氣力、與之以優游之歲月，未有不半途而廢者也。

余，臺灣人也；既知其難，而不敢以為難。故自歸里以後，撰述《臺灣語典》，閉戶潛修，孜孜矻矻。為臺灣計、為臺灣前途計，余之責任不得不從事於此。此書苟成，傳之世上，不特可以保存臺灣語，而於鄉土文學亦不無少補也。

【注釋】

①比，相近。比年，意為近年。

②淹，深入。《新唐書．王義方傳》：「淹究經術」。淹博，指學識精深廣博。

02 臺灣文化銷沉

凡一民族之生存，必有其獨立之文化，而語言、文字、藝術、風俗，則文化之要素也；是故，文化而在，則民族之精神不泯，且有發揚光大之日，此徵之歷史而不可易者也。臺灣今日文化之銷沉，識者憂之。而發揚之、光大之，則鄉人士之天職也。余雖不敏，願從其後。

03 臺灣語有音有字

臺灣文學傳自中國，而語言則多沿漳、泉。顧其中既多古義，又有古音、有正音、有變音、有轉音。昧者不察，以爲臺灣語有音無字，此則淺薄之見。夫所謂有音無字者，或爲轉接語、或爲外來語，不過百分之一、二耳。以百分之一、二而謂臺灣語有音無字，何其傎❶耶！

【注釋】

①傎，讀作顛，顛倒之意。

04 臺語皆有來歷

臺灣之語，無一語無字，則無一字無來歷；其有用之不同，不與諸夏共通者，則方言也。方言之用，自古已然。《詩經》爲「六藝」之一，細讀〈國風〉，方言雜出：同一助辭，而曰「兮」、曰「且」、曰「只」、曰「忌」、曰「乎」，而諸夏之間猶有歧異；然被之管絃，終能協律，此則鄉土文學之特色也。是故《左傳》既載「楚語」、《公羊》又述「齊言」，同一諸夏而言語各殊。執筆者且引用之，以爲解經作傳之具，方言之有繫於文學也大矣。

05 《論語》的雜音

《論語》爲孔門記載之書，所謂儒家「雅言」也，而其中亦有「方言」。「文莫吾猶人也，從行君子，則吾未之有得。」今之學者，「文」字爲讀、「莫吾猶人也」爲句，此從朱子之說也；不知「文莫」二字實爲「齊語」，猶言「勉強」；猶曰「勉強吾猶人也」，與下二句語氣較順。蓋今之《論語》，合「齊論」、「魯論」而用之，故尙有「齊語」也。

06 最古老的辭典

《爾雅》爲世界最古之辭典，相傳周公所作，而保氏以教國子者。「歲陽」、「月陽」之名，郭璞之注既不明晰，後儒解說尤多附會。蓋所謂「閼逢、旃蒙、柔兆、強圉」者，爲一種之方言，且爲他族之語；輶軒所採、象寄所譯，故曰：「太歲在甲曰閼逢、在乙曰旃蒙也。」

余別有〈歲陽月陽考〉，載《劍花室文集》中。

07 《楚辭》為鄉土文學

《楚辭》爲詞章之祖，而南方文藝之代表者也。方言之用，尤多異彩：如「荃」

之爲「君」、「羌」之爲「爰」、「些」之爲「兮」，則其著也；而靈脩、山鬼、蕙茝、杜衡，更足以發揮鄉土文學之特色。

08 古之外來語

自漢以來，作史者多宗龍門。龍門之文章千變萬化，莫可端倪。而〈陳涉世家〉「夥頤涉之爲王沈沈」者，蓋欲狀一鄉人之驚愕欣羨，故用其方言也。

楚人謂多爲「夥」；「沈沈」，宮室深邃貌。是誠巧用方言者矣。至如「單于」、「閼氏」之名，「當戶」、「且渠」之屬，來自匈奴，載於國史，此如近人之用歐語而譯其音者耳。

09 西南夷之方言

《後漢書．西南夷傳》有白狼王唐最等慕化歸義，作詩三章；犍爲郡掾[1]田恭譯其語，帝嘉之。事下史官，錄其歌。歌本夷語，詁以華言。其一〈遠夷樂德歌〉，辭曰：「提官隗搆，魏冒踰糟。罔譯劉脾，旁莫支留。徵衣隨旅，知唐桑艾。邪毗䋧緁，暇潭僕遠；拓拒蘇便，局後仍離。僂讓龍洞，莫支度由；陽雒僧鱗，莫穉角存。」譯曰：「大漢是治，與天意合。吏譯平端，不從我來。門風向化，所見奇異。多賜繒布，甘美酒食；昌樂肉飛，屈伸悉備。蠻夷貧薄，無所報嗣；願主長壽，子孫昌熾。」

此不特採用方言，且採用外夷之方言，以見漢德及遠焉。

【注釋】

①犍為郡，西漢時設置。郡掾，為該郡的副官。

10 最古之歌謠

臺灣廳縣各志均載番歌，譯以華言，大都祀祖、耕田、飲酒、出獵之辭；而男女情歌亦採一、二，以存其俗。夫人類之進化，先有繪畫而後有文字、先有歌謠而後有文學，此智識發達之程序。臺灣蒙昧之番，尚無文字而有繪畫、尚無文學而有歌謠，故考古學者、歷史學者、民俗學者以此爲貴重之文獻。得其遺跡隻語，詳細研求，可知大體。

原人時代之景象亦復如是，如《吳越春秋》所載〈斷竹歌〉則其例也。其歌曰：「斷付續竹，飛土逐肉。」此則未有文字以前，十口相傳，徵爲信史，而爲中國最古之歌謠也。

11 採茶男女之「褒歌」

〈竹枝〉、〈柳枝〉之詞，自唐以來久沿其調；而臺北之〈採茶歌〉，可與伯仲。採茶歌者，亦曰「褒歌」。爲採茶男女唱和之辭，語多褒刺；曼聲宛轉，比興言情，猶有「溱洧[1]」之風焉。二十年前，李耐儂發行《臺灣文藝雜誌》，曾採數十首，且爲評注；擷翠揚芬，感均頑艷，誠浪漫之文學也。近者臺南小報亦載〈黛山樵唱〉、〈消夏小唱〉，頗有佳構。而廈門某氏曾刊臺灣情歌，惜其用字遣辭尚欠斟酌。今之提唱鄉土文學者，何不起而搜羅以存妙製，爲藝苑中放一異彩也！

【注釋】

①溱洧，《詩經．鄭風》的篇名，引申為情侶遊樂之詩。

12 方言專書

《方言》之作，昉於子雲❶。子雲當西漢之末，郡國上計繹絡都門，懷鉛握槧記其殊語；退而詁之，以成此書，說者謂可與《爾雅》並行。而漢之方言至今不泯，則子雲之功也。清杭世駿氏有《續方言》二卷，採摭注疏《說文》、《釋名》諸書以補其闕；引據典核極有根柢，亦可以知古今方言之變易也。

【注釋】

①昉，天剛亮，引申為開始。揚雄，字子雲，西漢人，擅長詞賦。

13 方言五花八門

自是以來，代有作者。若張愼儀氏之《蜀方言》、吳文英氏之《吳下方言》、茹敦和氏之《越言釋》、全祖望氏之《勾餘土音》以及《直音補正》、《廣東新語》等，皆爲一隅保存其語。而晉江莊俊元氏有《里言徵》二卷，可爲閩南方言之書；惜其捃摭不多、流傳未廣，故知者亦少耳。

14 章太炎《新方言》

章太炎先生爲現代通儒，博聞強識，著述極多；而《新方言》一書尤爲傑作。太炎之自序曰：

「方今國聞日陵夷，士大夫厭古學弗講；獨語言猶不違其雅素，殊言絕代之語尚有存者。世人學歐羅巴語，多尋其語根，溯之希臘、羅馬；今於國語，顧不欲推見本始。此尚不足齒於冠帶之倫，何有於學問乎？」又曰：「讀吾書者，雖身在隴畝與夫市井販夫，當知今之殊言不違姬漢，既陟升於皇之赫戲。」

案以臨瞻故國，其惻愴可知也。蓋太炎此書，作於有清之季；痛黃胄之不昌、振夏聲於未絕，光復之志見乎辭矣！

15 査甫的由來

余之研究臺灣語，始於「查甫」二字。

臺人謂男子爲「查甫」，呼「查埔」，余頗疑之；詢諸故老，亦不能明。及讀錢大昕氏《恆言錄》，謂「古無輕唇音，讀甫爲圃」。《詩・車攻》：「東有甫草」。箋：「甫草，甫田也；則圃田。」因悟「埔」字爲「甫」之轉音。《說文》：「甫爲男子之美稱」。《儀禮》：「伯某甫、仲、叔、季以次進。」是「甫」之爲男子也明矣。顧「甫」何以呼「埔」？

試就閩、粵之音而據之，則可以知其例。福建莆田縣呼蒲田縣、廣州十八甫呼十八鋪，是甫之爲圃、圃之爲埔，一音之轉耳。章太炎《新方言》謂從「甫」之字，古音皆讀「鋪」或若「逋」。查，此也，爲「者」之轉音；「者個」則此個。所謂「查甫」，猶言「此男子」也。

16 查某之辨

《里言徵》所載方言，如臺糟、漢、謰漫、謱、僂寠，與余《臺灣語典》所收相同。

而「查某」一條，引《封氏聞見錄》謂：「婦人放縱不拘禮度者呼爲查，發聲之辭也。」余不以爲然。夫「查」爲發聲辭，其引可用；然「查某」一語，重在「某」字。女子有氏而無名，故曰「某」；如曰某人之女某氏、某人之妻某氏，此例多見於《左傳》。查，此也，說見前；所謂「查某」，則曰「此女」，猶《詩・召南》之稱「之子」也。

17 臺語不俗

臺灣語之高尚典雅，有婦女輩能言而士大夫不能書者，試以竈下之語言之，曰：饋飰❶、曰：煮糜❷、曰：滒泔❸、曰：倒潘❹、曰：餾粿❺、曰：芼麵❻、曰：儦肉❼、曰：刣魚❽；凡此八語，聞之甚熟，而讀書十年者恐不能知其出處。然則，臺灣語爲鄙俗乎？爲典雅乎？

【注釋】

①饋飰，饋，飯半熟棄汁而蒸之；飰，飯也。《漢書・王莽傳》：乃市所賣粱飰肉羹。

②煮糜，煮粥也。

③滒，去汁；泔，調味煮魚。

④潘，淅米水，《說文》：潘，淅米汁也。臺灣人亦稱餿水為潘。

⑤餾，飯冷而再蒸也；粿，糕也，如米糕、碗糕、年糕。

⑥苳麵，苳，盪也。

⑦㸑，熇也，用火焙乾之意。

⑧刣魚，刣，切割。

18 《日臺大辭典》多錯謬

《日臺大辭典》爲督府所編輯，錯謬之多，不遑枚舉。

臺灣有「白若雪」一語爲形容之辭，「若」呼「惹」、「雪」呼「薛」，正音也；而《日臺大辭典》以爲「白白白」三字之變音，不知其何所據？夫中國文學之形容辭，多至疊字成雙，如山之「峨峨」、水之「浩浩」、風之「瑟瑟」、雨之「瀟瀟」，未嘗有用三字者；而編者不知其爲正音，遂有此誤。

19 臺語以訛傳訛

臺灣之語各有來歷，昧者不察，隨便亂書，以訛傳訛，至今未改。

臺人謂宰殺曰「刣」，而俗作「剒」字；謂不明曰「普」，而俗作「㯭」字；謂緩行曰「徐」，而俗作「趖」❶字。考《集韻》：「剒，音鐘，刺削物也。」非宰殺之義；「㯭，音榜，西夷織絨也。」非不明之義；而《廣韻》：「趖，音梭，疾行也。」與緩相反。蓋因小儒市儈不知《說文》、不明經傳，故有此謬。而讀書不求甚解者亦沿其謬，無怪俗子輩奉《日臺大辭典》爲金科玉律也。

【注釋】

① 趖，讀作ㄙㄜˇ，如果一個人動作很遲緩，就說此人很會ㄙㄜˇ，從《廣韻》原義，趖是疾行之意，後人曲解，意思完全顛倒。

20 臺灣語之正音

臺灣之語既有古音古義，又有中土正音，如「紀綱」之呼「起江」、「彭亨」之呼「搥風」、「高興」之呼「交興」、「都好」之呼「誅好」，則其明著者也。夫臺灣之語傳自漳、泉，而漳、泉之語傳自中土。晉、唐之際，閩南漸啓，中土人士之宦遊者日多，則其語言必有存者。以今考之，且有各地方言，若關中語、若蜀中語、若河朔語、若沅湘語，尚雜於臺灣語中，特無人爲之分析耳。野史謂鄭氏居臺之時，中土士大夫奉冠裳而渡鹿耳者，蓋七百餘人。是此七百餘人之子孫，必有尚居臺灣；而臺灣語中之有正音，固其宜也。

21 阿老

臺灣語中之正音，余既詳載《語典》；又有轉音、有變音，非研究音韻學者不能知。臺人謂「阿諛」曰「阿老」❶、謂「庶羞」❷曰「庶秀」，此自然之語調也。今之提倡臺灣語者，將用「阿老」、「庶秀」之音而捨其本義，則臺灣語之範圍狹矣。

【注釋】

①阿老，誇讚之意。

②庶羞，謂各種佳肴。庶，眾也，羞，味也。羞轉音為秀。

22 迾與遮

疊韻連語之字，必有其義而後可通。臺人謂拾曰「卻」，而通用「拾」字；然則，「卻拾」將爲「拾拾」乎？謂「迾」❶曰遮，而通用「遮」❷字；然則「迾遮」將爲「遮遮」乎？蓋「拾」字、「遮」字爲習見之字，用之較易；而「卻」字出於張說《虯鬚客傳》、「迾」字出於《漢書‧輿服志》，非讀書有得者不知其義。

【注釋】

①迾，從上頭遮蔽之意。《說文》：迾，遮也。例如：迾日，迾雨。

②遮，從旁遮蔽也。例如：遮風。

23 伊優亞‧妃呼豨

發語之辭，有音無義，自古已然。《史記》之「伊優亞」、《樂府》之「妃呼狶」，則其類也。臺灣之語亦有此類，然甚少；有之，則就其音而寫之，所以存方言之本色。

24 漳州、泉州方言

臺灣方言有沿用漳、泉者，如「恁厝」、「阮兜」、「即搭」、「或位」。若以轉注、假借之例釋之，其義自明。何以言之？「恁，汝等也」，「厝，置也」，引申爲居。「阮，我等也」，「兜，圍也」，引申爲聚。「即，就也」，「搭，附也」，附則爲集。「或，未定也」，「位，猶所也」，雖屬方言而意可通。

又如「那是」、「安仍」❶、「藉會」❷、「即款」❸、「忽喇」❹、「佳哉」❺、「敢採」❻、「嶄然」❼，凡此八語，有音有義，較諸他處方言爲文雅。

【注釋】

①安仍，如此也。

②藉會，乃會也。

③即款，此樣也。

④忽喇，為驚呼詞。《集韻》：喇，語急也。
⑤佳哉，為感嘆詞。有幸好之意。
⑥敢採，猶或然也，敢，為冒昧詞。
⑦嶄然，讚美詞，超然之意。

25 偏字不偏

臺灣儷語，每有一用常字、一用偏字，如老曰「老」而幼曰「茗」，勇曰「勇」而弱曰「朋」，少曰「少」而多曰「濟」，熱曰「熱」而冷曰「瀾」；此偏字也，實非偏字。其見於故事雅記者，用之已久；特淺人不知，以爲偏字耳。

26 罵人「清生」

臺灣有特別之語而與諸夏不同者，臺人謂畜生曰「清生」、犬曰「覺羅」、豕曰「胡亞」。覺羅氏以東胡之族，入主中國，建號曰清；我延平郡王起而逐之，視如犬豖。而我先民之奔走疏附者，漸忠厲義，共麾天戈，以挽落日；事雖未成，而民族精神永留天壤，亦可爲子孫之策勵也。

27 要未唏哈

方言之中，頗難解索；細心思之，亦有其意。臺人謂事之未成曰「要未❶唏哈」，以爲有音無義矣。一日，與洪逸雅品茗，因悟「唏哈」爲瓶聲。蓋水未沸時，瓶聲不作，則不得瀹茶❷；以喻事之未成，尚有待於勉力也。

【注釋】

①要未，還未也。

②瀹茶，烹茶。宋蘇東坡〈仇池筆記〉：「時雨降，多置器廣庭中，所得甘滑不可名，瀹茶煮藥，皆美而有益。」

28 加禮連鑼

臺人又有「加禮連鑼」❶一語，謂事尚未就而在進行中也。逸雅因謂「加禮戲」扮演之時，須先連鑼數次，而後出臺；亦以喻事之尙待也。臺謂傀儡曰「加禮」，故「傀儡」番曰「加禮番」。

【注釋】

① 尚未「加禮連羅」，比喻八字還沒一撇。

29 趙簡子

臺南有「無端且出趙簡子❶」一語，以喻事之唐突。蓋掌中班演「竊符救趙」，至平原君出臺，報名之時誤唱「趙簡子」，聞者大譁。此百數十年前事，故老相傳，留爲笑柄；今時子弟已少知者。

【注釋】

①趙簡子，名趙鞅，又名志父、趙孟，春秋末年晉國六卿之一，戰國時代趙國的奠基功臣。趙簡子所推行的「田廟」制度，後來為商鞅採用。

30 臺灣人問候語

「佗去」❶、「食未」❷兩語，爲臺人相見相問之辭。細思其言，饒有意義。

臺爲海上荒土，我先民入而拓之，草萊蒙葳，野獸橫行，土番起沒；一出家門，輒有災害。故詢以「佗去」，用戒不虞；亦守望相助之義也。鑿井而飲、耕田而食，手足胼胝，盡力畎畝，猶憂歲歉，故問以「食未」，以祝其平安無事之意。則此兩語，可見我先民慘澹經營之苦。我輩今日之得衣食於斯者，受其賜也。

【注釋】

①佗去，為路上相問語。猶言何往也。臺灣初闢，草萊未啓，安全堪虞，相遇時互詢何往，以為防備。

②食未，問候語。猶古人之言無恙也。臺灣為新闢之土，鑿井耕田，以食為主，而天氣披猖，野番出沒，時有災患，故相問以食，祝對方無恙。

31 漳泉鬥嘴

臺灣爲漳、泉人雜居之地，平時集會，每相戲謔以資談笑。某莊有廟祀神，泉人以一豬、一羊爲牲。漳人見而呼曰：「全豬全羊，眞是鬧熱！」蓋「全」與「泉」同音也。泉人以爲侮己，顧其徒曰：「將羊移過來，將豬移過去！」則「將」又與「漳」同音也。

一捭一闔，機鋒相對，眞是妙語解頤。

第二章

人生哲學

李國初版畫：朝陽

32 諺語裡的智慧

俚言俗諺，聞之似鄙，而每函眞理。古人談論，每援用之。「牝雞司晨，惟家之索」，此武王所引之古諺也；「雖有智慧不如乘勢」，此孟子所引之齊諺也；「得時不怠，時不再來」，此范蠡所引之越諺也。七雄之世，處士橫議，抵掌而談，尤多徵引。而臺灣之諺亦有可取者，如曰：「作雞著掅，作人著秉❶。」此立志論之言也；又曰：「三代粒積❷，一旦傾筐。」此失敗論之言也；又曰：「賣瓷兮食缺，織席兮困椅❸。」此自約論之言也；又曰：「三年水流東，三年水流西。」此循環論之言也。

余曾捃摭數十語，爲之演繹；擬撰一書，名曰《臺灣語學上之人生哲學》。

【注釋】

① 掅，拂也。猶言努力爬梳、挖掘。「作雞著掅」，意思是生為雞，就必須努力找食物。秉，翻轉也，猶言打拼；或謂打破慣例，顛覆傳統。

② 粒積，一粒一粒累積，猶言得來不易。

③賣瓷器者，自己使用破損缺陷的碗盤；織席的人家捨不得睡草蓆，而睡在椅上。困，猶睏也。

33 俗諺中的人生觀

俗諺之中，有一痛快語，則曰「有食燒酒也穿破裘，無食燒酒也穿破裘」；此樂天主義也。夫人生世上，不過數十寒暑，而衣食營之、疾病攖之、憂患乘之、妻子縈之，一日之間爲歡幾何？故曰：「萬事不如杯在手，一年幾見月當頭！」此劉伶之所以頌酒德而王績之所以記醉鄉也。然臺諺復曰：「日出也著備雨來糧」。爲未雨綢繆之意，知此者庶不至陷於苦境。

34 赤腳兮趆鹿

天下事之最不平者，莫如「赤腳兮趆鹿❶，穿鞋兮食肉」之語。漢高、唐太之得天下，何以異是！強者自強、弱者自弱，貧富貴賤之分因之日嚴，而平民苦矣。故里諺曰：「做惡做毒，騎馬咯嘓❷；善討善食，閹雞拖木屐。」此不平之言也。何以言之？盜跖橫行天下，日殺無辜，竟以壽死！孔子聖人也，秉禮懷仁，而轗壈終老！善惡之判，既無可憑，何論強弱？欲持其平，在行公道，所謂見者有份也。人人能任其事，人人能食其力，人人能享其自由幸福而天下平矣。

【注釋】

①赿，追逐也。《玉篇》：赿，走貌。赿鹿，謂追逋也。鹿為善走之獸，以喻逃脫者。本句意思是打赤腳的追逐獵物，西裝革履的坐享其成。

②咯嘓，意指騎馬閒逛。

35 伉儷情漸薄

「男女居室，人之大倫」、「二姓合婚，百年偕老」，此定盟之頌辭也。故里諺曰：「嫁護雞，隶雞飛；嫁護狗，隶狗走❶。嫁護乞食，揹筯注斗❷。」蓋以女子從一而終，雖遭困阨，不忍離異。自戀愛之說興，朝爲求鳳、暮賦離鸞，而伉儷之情薄矣。他日有研究臺灣道德之變化者，當就里諺而求之。

【注釋】

① 護，與也。逮，追隨也。即嫁雞隨雞嫁狗隨狗。

② 嫁給乞丐就要提著乞討袋（茄注斗）。揩，契也，取也。此句謂夫婦需同甘苦，不以貧窮而異其志也。

36 多子餓死父

多子之願，白古已然；華封祝堯，曾傳其語。蓋欲子孫之盛，而室家之昌也。里諺曰：「濟囝物認窮❶」。則以諸子長成，各事其業，無憂衣食也。然其反語曰：「濟囝餓死父」。此非空言，實有其事，且爲數年前事：

艋舺媪，年七十餘，有子七人。長子舉武鄉薦，雖死有孫；餘亦各小康自立。媪愛少子，居其家。洎病篤，輿往長子所❷，長婦不受，謂丈夫已死，不能任喪事；乃赴次子居，次子亦不受。三子、四子咸推諉，而媪死於道上矣。見者大譁，群肆抨擊，少子乃舁歸收殮；此眞倫常之變。媪非多子，何以至是？里中有生子眾多無力養育者，旁人輒爲之嘆曰：「跋落囝兒坑」；亦可以見其慘狀。然則「產兒制限」豈空論哉？

【注釋】

①濟囝物認窮：濟囝，多子之意。物，不也。全句意指子女多，不怕窮，將來有依靠也。

②洎病篤，輿往長子所：等到病危時，將老婦送到長子家。

37 風水之說

青烏之術，其事荒唐；而富人信之，以爲既富之後可以增富，子孫且能封侯拜相。嘗有親死不葬，延聘山師，竭力奉承，冀得吉壤。而爲山師者多窮骨相，滿口胡言；故里諺曰：「背脊負黃巾，亞別人看風水。」「黃巾」爲裹枯骨之用，謂不能葬其親而欲爲擇葬；亦以喻己事不爲，而欲爲人謀事也。其曉事者則曰「福地福人居」，更進曰「有天理亞有地理」；可見風水之無用矣。

明太祖既得天下，慮人之奪其子孫天下也，命江夏侯周德興往斷宇內天子氣。德興至南安，見石井鄭氏祖墳，有「五馬奔江」之形，欲毀之。夢一老人告之曰：「留此一脈，爲明吐氣！」覺而異之，乃止。其後延平父子效忠明室，保存正朔者三十餘年；而明之天下竟爲長白山下之覺羅氏所奪，此則洪武君臣之力之所不爲也。嗚呼！帝者之貪愚，亦可笑已！（按：「負」古音「倍」。《史記・夏本紀》：「至於負尾」；《漢書》作「倍尾」，古音通。）

38 一雷止九颱

臺灣處東南海上，潮流所經，寒熱互至；故其氣候頗與中土不同。而徵之里諺，歷驗不爽。如曰：「六月初三雨，七十二雲頭。」又曰：「芒種雨，五月無乾塗、六月火燒埔。」又曰：「六月一雷止九颱，九月一雷九颱來。」又曰：「雨前濛濛終不雨，雨後濛濛終不晴。」故老相傳，實由經驗；田夫漁子，豫識陰晴。此如巢居知風、穴居知雨，有不期然而然者也。

39 烏狗報白鬚

風信曰「暴」，亦曰「報」。初起時，謂之「報頭」；風力漸大，行船者忌之。《臺灣府誌》所載有「玉皇暴」、「媽祖暴」、「烏狗暴」、「白鬚暴」凡數十名，各有時日。如正月初九爲「玉皇暴」，相傳玉皇誕辰。是日有暴，則各暴皆驗；否則，未可憑準。

故里諺：「天公那有報，眾神藉敢報。」又曰：「烏狗報白鬚」，言相應也；正月二十九日爲「烏狗」，而二月初二爲「白鬚」。又曰：「送神風，接神雨。」則以十二月二十四日多風，而正月初多雨也。

40 三月寒死播田夫

南方患熱、北方苦寒，此自然之理也。臺南地近赤道，長年溫燠。冬春之際，常在華氏六、七十度；有時升至八十餘度或降至四十二、三度，不過一、二日而已。里諺曰：「未食午節粽，破裘物甘放。」又曰：「正月寒死豬，二月寒死牛；三月寒死播田夫，四月寒死健乖新婦。」亦可以見氣候之激變矣。（按：臺語呼「牛」爲「愚」，與「豬」、「夫」、「婦」協韻。）

41 雨傘倚門邊

淡水爲今之臺北，前時管地廣漠，北自宜蘭、南訖大甲，皆淡水廳所轄也。草萊未伐，長年陰霧，罕晴霽。故里諺曰：「淡水是這天，雨傘倚門邊。」可以知其多雨矣。

建省以來，山嵐漸斂，民戶日殷，雨雖稍殺；而自冬徂夏，連綿不絕，基隆且稱雨港。是其氣象之陰晴，與臺南迥異矣。

42 從禁忌看人生

禁忌之事，無論文野，環球各族自古留傳。苟以俗諺而考之，可以覘民德之厚薄而民智之淺深也。

臺人之言曰：「七不出，八不歸。」此言正月之行事耳；若曰：「慺借人死，物借人生❶。」則爲惻隱之心；雖遇病人借宿，亦不忍拒之也。又曰：「慺參生疥兮像床，物參痞痐對門❷。」此則恐其感染也。「痞痐」則痲瘋，爲遺傳病，潛伏之期頗久；故諺曰：「會過祖，昧過某。」言能及其子孫也。

古人之深晰病理，明知傳染而不言傳染，慮聞者之寒心耳。家有天痘、肺癆及諸惡症，則禁親友存問，謂於病者不祥；實則懼見者之不祥，故婉言以拒之。然則此種禁忌，豈遜於衛生昌明之國哉！（按：臺語「同」曰「像」，相像則相同。會，能也；昧，不能也。）

【注釋】

① 要借給人一宿，縱使這個人有病在身，可能會死，也沒關係。

② 寧與長疥癬的人同床，不與罹患痲瘋的人住在對面。參，與也。

43 食龍眼，放木耳

臺人衛生之法，忌飲生水、忌食未熟之物。故里諺曰：「千滾無癀，萬滾無毒❶。」此種信條，婦孺周知；故少腸胃之病，是誠絕好習慣也。近者「時式」之人，食生魚、飲冰水，自詡文明；而傳染之病多矣。臺人又有言曰：「食龍眼放木耳，食藍茇放銃子❷。」此二果者消化不易，故禁兒童食之。

【注釋】

① 癀是指病毒、病源，全句是指千滾萬滾，吃了安心。

② 藍茇，指芭樂。芭樂之籽不易消化，排泄出來像子彈（銃子）一樣。

第三章

野史趣談

李國初版畫：小憩

44 臺灣豪族之興替

臺灣山川之奇、物產之富、民族盛衰之起伏千變萬化，莫可端倪；皆小說之絕好材料也。三百年間，作者尚少。同安江日昇氏曾撰《臺灣外記》，載鄭氏四世事，自芝龍入處以訖克塽歸降；而明清遞嬗之際、荷蘭侵略之圖、延平光復之志，收羅殆盡，可謂宏博而肆矣。

乙未之役，上海有刊〈劉永福守臺南〉者，道聽塗說，且雜神怪，未足以語於著作之林也。比年以來，臺人士亦有作者；惜取材未豐，用筆尚澀。唯臺南〈三六九小報〉有「小封神」，爲許丙丁所作；雖遊戲筆墨，而能將臺南零碎故事貫串其中以寓諷刺，亦佳構也。

余以幽憂之疾，閉戶讀書，謝絕外事；因作《板橋夜話》、《霧峰快談》二書，以記臺灣豪族之興替，書各十餘萬言。此書刊行，布諸海內，亦可以覘臺灣社會之變遷而民族精神之沒落矣。

45 臺語譯《孟子》

《孟子》之〈齊人〉一章，爲一短篇小說。余以純粹臺灣語譯之，毫無阻滯。曩在臺北臺灣語研究會上，曾講孫中山先生之「三民主義」；命會員筆記，語既融和，辭又達意。蓋以臺灣語之組織自有文法，名詞、動詞、介詞、助詞亦有規律。特淺人不察，以爲有音無字，隨便亂書，致多爽實；一篇之中，黑白參半，而臺灣語之意義失矣。故欲以臺灣語而作小說當無不可，但不可爲非驢、非馬之文章耳。

46 本土與世界

《九尾龜》之「蘇白」、《廣東報》之「粵謳」，生長其地者類能知之。以臺灣語而爲小說，臺灣人諒亦能知，但恐行之不遠耳。余意短篇尺簡，可用方言；而灌輸學術、發表思潮，當用簡潔淺白之華文，以求盡人能知而後可收其效。夫世界進步日趨大同，學術思潮已無國境。我輩處此文運交會之際，能用固有之華文可也、能用和文可也，能用英、法、俄、德之文尤可也；則用羅馬字以寫白話文亦無不可。但得彼此情素互相交通，雖愛世語吾亦學之。

故今之臺人士，一面須保存鄉土語言、一面又須肆習他國文字，而後不至於孤陋寡聞也。

47 岡山：新桃花源

小說未興以前，先秦諸子多作寓言；莊、列之書，尤工載筆。如〈七聖迷途〉、〈愚公移山〉，奇文妙文讀之不厭。《臺灣府誌．叢談》有〈古橘岡序〉一篇，則寓言也；不知何人所作。其序曰：

「鳳邑有岡山，未入版圖時，邑中人六月樵於山，忽望古橘挺然岡頂。向橘行里許，有巨室。由石門入，庭花開落，階草繁榮；野鳥自呼，房廊寂寂。壁間留題詩語及水墨畫跡，鑱存各半。比登堂，無所見；惟一犬從內出，見人搖尾，絕不驚吠。隨犬曲折，緣徑恣觀，環室皆徑圍橘樹也。時雖盛暑，猶垂實如椀大。摘食之，瓣甘而香，取一、二置諸懷。俄而斜陽照入，樹樹含紅；山風襲人，有淒涼意。輒荷（樵）

尋（歸）路，遍處識之。至家以語，出橘相示，謀與妻子俱隱。再往，遂失其室，並不見橘。」

此則陶靖節〈桃花源記〉之類也。顧彼為漁夫而此為樵客，遙遙相對；且有移家之志，可謂不俗。豈作者亦欲避秦歟？苟有其地，吾將居之。

48 打貓山．打狗山

臺灣開闢未久，故事頗多。余撰《臺灣通史》，極力搜羅，以成此書。其瑣細別為〈贅談〉，如「打貓」、「打狗」則其一也。

先是，延平郡王入臺後，以生番散處岩谷，獵人如獸；乃自唐山購來兩虎，放之山中，欲與生番爭逐。兩虎分行，牝者至諸羅之北，番以為貓也，譟而擊之，因名其地為「打貓」；牡者至鳳山海隅，為番撲死誤為狗，而號其山為「打狗山」。

此雖荒唐之言，以今思之，足見當時景象。蓋當鄭氏肇造，拓地未廣，政令所及不過天興、萬年，其餘則番地也。故番人之以虎為貓，比之「指鹿為馬」者尤為有理。

49 埋金十八窖

臺南有「打鼓山十八哈籃」之語；蓋謂埋金十八窖，有福者方能得也。

按陳小厓《臺灣外紀》謂：「明都督俞大猷討海寇林道乾，道乾戰敗，艤舟❶打鼓山下。恐復來攻，掠山下土番殺之，取其血和灰以固舟，乃航於海。相傳道乾有妹埋金山上，有奇花異果，入山者摘而啖之，甘美殊甚；若懷歸，則迷失道。」

【注釋】

①艤舟，船泊岸邊。

50 林道乾鑄銃撲家治

林道乾既去臺灣，竄呂宋；官軍復征之，乃走勃泥，擴瀕海之地而居焉，號「道乾港」。勃泥則婆利，今之婆羅洲。道乾慮爲人併，鑄大砲，以備戰守。既成，試放砲裂，被炸死；故臺南有「林道乾鑄銃撲家治」之諺，以言害人自害也。（按：臺語

「自己」曰「家治」，爲「咱的」之變音。）

51 鹿耳門「寄普」

鹿耳門在安平之西，荷蘭、鄭氏均扼險駐兵，以防海道；清代因之。住民數百，佃、漁爲生；亦有廟宇祀天后。道光十一年七月十四日大風雨，曾文、灣裏兩溪之水湍湃而來，鹿耳門遂遭淹沒。三郊商人素爲海上貿易，憫其厄，每年是日設水陸道場於水仙宮，以濟幽魂；佛家謂之「普渡」。故臺南有「鹿耳門寄普」一語即言其事，亦以喻無業者之依人餬口也。

52 引心書院

呂祖廟在臺南市內，前時有尼❶居之，不守清規，冶遊子弟出入其間；眾多訾議，遂有「呂祖廟燒金，糕仔昧記提來❷」之諺。謂晉香者以此爲歡場，樂而忘返也。事爲有司所聞，逐尼出，改爲「引心書院」。

【注釋】

①尼，尼姑也。

②昧記，忘記。這是嘲諷、挖苦那些醉翁之意不在酒的冶遊子弟的一句話，進廟燒香，卻未攜帶最重要的供品（糕仔），所謂何來，昭然若揭。

53 國姓爺傳奇

延平郡王肇造東都，保持明朔；精忠大義，震曜坤輿。臺人敬之如神，建廟奉祀，尊之爲「開臺聖王」、或稱「國姓公」，未敢以名之也。野乘所載、故老所傳，頗多神話；爲錄一二：

《臺灣志略》謂：「鄭氏攻略臺灣時，荷蘭揆一王❶夢一丈夫冠帶騎鯨，從鹿耳門而入。及覺，則鄭氏舟師已由港進。倉皇拒戰，遂舉城降。」

《淡水廳志》曰：「國姓井，在大甲堡鐵砧山巔。相傳鄭氏屯兵大甲，以水多瘴毒，乃拔劍斫地得泉，味清洌。」又曰：「鸚哥山，在三角湧；與鳶山對峙。相傳吐霧成瘴，鄭氏進軍迷路，砲斷其頸。」

【注釋】

①揆一，為荷蘭東印度公司駐臺灣最後一任長官。西元一六六二年，與鄭成功簽約退出臺灣，返回巴達維亞。因失去臺灣，被判處無期徒刑。後為妻子營救，而獲釋放。著有《被遺誤的臺灣》一書。

54 王廷幹，看錢無看案

民謳爲一種風謠，所以刺時政之得失；《小雅．巷伯》之詩，已啓其端。《左傳》所載，尤爲刻畫：如宋人之諷華元、鄭人之歌子產，則其類也。班、范兩書，採取尤夥。而臺灣亦有一二：

蔡牽之亂❶，俶擾海上。薛志亮爲臺灣知縣，募勇守城，與民同疾苦；而守備吉凌阿號知兵。民間爲之謳曰：「文中有一薛，武中有一吉；任是蔡牽來，土城變成鐵。」及平，眾多其功。

咸豐初，安丘王廷幹任臺灣縣，性貪墨，折獄徇私。民間爲之謳曰：「王廷幹，看錢無看案！」後調任鳳山，死於林恭之亂；妻子、臧獲❷被殺者二十有八人，吏民無有顧者：亦好貨之罪也。

【注釋】①蔡牽之亂，嘉慶八年蔡牽盤據鹿耳門，嘉慶十四年，由王得祿平定。

②臧獲，奴婢。

55 施琅入聖廟

施琅爲鄭氏部將，得罪歸清；後授靖海將軍，帥師滅臺。清廷以其有功，詔祀名宦祠。祠在文廟櫺星門之左，臺人士以其非禮，爲詩以誚之曰：「施琅入聖廟，夫子莞爾笑；顏淵喟然嘆：『吾道何不肖！』子路慍見曰：『此人來更妙；夫子行三軍，可使割馬料！』」可謂謔而虐矣。

56 臺灣童話

童話雖小道，而啓發兒童智識，其效較宏。臺灣所傳如「虎姑婆」、「蛇郎君」、

「白賊七」等，饒有興趣；餘則多近迷信。余意我臺文學家當多作童話，採取自然科學及臺灣故事而編之如《伊索寓言》，爲兒童談笑之助；且可以涵愛護鄉土之心，亦蒙養之基也。

57 闇雞啼、指甲花

兒歌爲一種文學，以其出於自然也；各地俱有，稍有不同。余所收者有四、五十首，純駁參半。茲錄兩篇：一爲〈闇雞啼〉、一爲〈指甲花〉，皆家庭事也。

〈闇雞啼〉云：「闇雞啼啼啼，新婦早早起。上大廳，拭棹椅；落竈下，洗椀箸；入繡房，作針黹。人家大官❶攏歡喜，阿諛兄、阿諛弟，阿諛恁厝父母爻教示❷。」

〈指甲花〉云：「指甲花，笑微微；笑我陳三慺嫁無了時。馬前戴珠冠，馬後迥涼傘；笨憚查某困較晏❸。頭無梳，面無洗，腳帛頭，拖一塊；乳的流，囝的哭。大伯、小叔慺來食下晝，青狂查某弄破竈❹。」

此歌兩首，一寫勤勞、一寫懶怠；繪影繪聲，各極其妙。若以格調音律而論，則前作較勝。（按：臺語「善」曰「爻」、「要」曰「慘」、「阿諛」呼「阿老」，詳載《臺灣語典》。）

【注釋】

①婦人稱舅為「大官」；稱姑為「大家」。

②恁，你。阿諛恁厝父母爻教示，意思是誇讚妳家父母對妳的教養。

③笨憚，懶惰；困較晏，是指睡得晚起，晏，晚也。

④大伯小叔要來吃中飯（食下晝），緊張、倉皇（青狂）的媳婦手忙腳亂，以致打破了竈。

58 臺灣謎語

群兒聚集，互相遊戲，每舉隱語以猜一物，謂之作謎；亦啓發智識之助也。臺灣此等之謎，到處俱有；特意有淺深，故辭有文野耳。

如曰：「頂石壓下石，會生根，味發葉。」猜齒。又曰：「一叢樹、二葉葉，越來越去看未着。」猜耳。又曰：「頭刺蔥、尾拖蓬，在生穿青袍，死了變大紅。」猜蝦。又曰：「一重牆、二重牆、三重牆，內底一兮黃金娘。」猜卵。

凡此之類，不遑枚舉；而語能和叶、意無虛設，比之燈前射覆、酒後藏鉤，其興趣爲何如也！

59 騎白馬，過南唐

童謠亦一種文學，造句天然，不假修飾；而每函時事，誠不可解。《國語》之「檿弧箕箙，幾亡周國」、《左傳》之「龍尾屬辰，虢公其奔」，尤其彰明較著者。而臺灣童謠亦有此異：

「月光光，秀才郎；騎白馬，過南唐。」此言鄭延平之起兵也。

「頭戴明朝帽，身穿清朝衣；五月稱永和，六月還康熙。」此言朱一貴之失敗。

「出日落雨，刣豬秉肚；䢀仔穿紅褲，乞食走無路。」此言乙未九、十月之景象也。

揣其所言，若有默示；豈偶然而合歟？抑天人感應之際現於機微也歟？

60 古磚奇文

讖緯之術，學者不言；而漢儒言之，每多附會。豈天數已定，故爲隱語，以神其說？抑至誠之道，可以前知而不可明言之歟？

余讀《槎上老舌》，載崇禎庚辰，閩僧貫一居鷺門，夜坐，見籬外坡陀有光，連三夕。怪之，因掘地得古磚，背印兩圓花突起，面刻古隸四行。其文曰：「草雞夜鳴，長尾大耳。干頭銜鼠，拍水而起。殺人如麻，血成海水。起年滅年，六甲更始。庚小熙皞，太和千紀。」

是書爲明季閩縣陳衎所著。至清人得臺後，王漁洋《池北偶談》載之，且爲之釋曰：「雞，酉字也；加草頭、大尾、長耳，鄭字也。干頭，甲字；鼠，子字也：謂鄭芝龍以天啓甲子起海中爲群盜也。明年甲子，距前甲子六十年矣。庚小熙皞，寓年號也。前年萬正色克復金門、廈門；今年施琅克澎湖，鄭克塽上表乞降，臺灣悉平。六十年海氛一朝蕩盡；此固國家靈長之福，而天數已豫定矣，異哉！」

61 鼓山預言

《赤嵌筆談》載：「宋朱文公登福州鼓山，占地脈曰：『龍渡滄海，五百年後，海外當有百萬人之郡。』今歸入版圖，年數適符；熙熙攘攘，竟成樂郊矣。鼓山之上有石，刻『海上視師』四字，爲紫陽所書。」

近讀邱滄海先生之詩，以爲則指延平；然則宋儒亦有「讖緯」之術矣。

62 鳳山一片石

《臺灣舊誌》謂：「鳳山相傳，昔年有石自開；內有讖云：『鳳山一片石，堪容百萬人。五百年後，閩人居之。』」

《福建通誌》亦謂：「佃民墾田得石碣，內鐫『山明水秀，閩人居之』。」

此二石，均不言所在。若果有此，則華人居臺已久；否則，「齊東」之語耳。

63 神秘乩詩

乩詩為一種神秘，若可信、若不可信；苟以此為實事，則惑矣。《灤陽續錄》載張鷺洲自記巡臺事，謂：

「乾隆丁酉，偶與友人扶乩；乩贈余以詩曰：『乘槎萬里渡滄溟，風雨魚龍會百靈；海氣粘天迷島嶼，潮聲簸地走雷霆。鯨波不阻三神鳥，鮫室爭看二使星。記取白雲飄緲處，有人同望蜀山青。』時將有巡臺之役，余疑當往；數日，果命下。六月啓行，八月至廈門。渡海，駐半載始歸。歸時風利，一晝夜則登岸。去時飄蕩十七日，險阻異常。初出廈門，則雷雨交作，雲霧晦冥；信帆而往，莫知所適。忽腥風觸鼻，舟人曰：『黑水洋』。黝然而深，視如潑墨。舟人搖手戒勿語，云：『其下則龍宮，為第一險處。度此可無虞矣！』

至白水洋，遇巨魚鼓鬣而來，舉其首如危峰障日。每一潑刺，浪湧如山，聲砰訇如霹靂。移數刻，始過盡，計其長當數百里。舟人云：『來迎天使』，理或然歟？既而颶風四起，舟幾覆沒；忽有小鳥數十，環繞檣竿。舟人喜躍，稱『天后來拯』，風果頓止，遂泊澎湖。

聖人在上，百神效靈；不誣也。遐思所歷，一一與詩語相符；非鬼神能前知歟？時先大夫尚在堂，聞余有過海之役，命兄來到赤嵌視余，遂同登望海樓；並末二句亦巧合。益信數皆前定，非人力所能然矣！」

按鷺洲名湄，浙江錢塘人；雍正十一年進士。著《柳漁詩集》及《瀛壖百詠》。

64 寺廟籤詩

卜筮之術，見於《周易》。人智未開，乞靈神鬼；自是則有骨卜、鏡卜、金錢卜各種，而「籤詩」亦其一也。臺灣寺廟皆有籤詩，其辭鄙陋，若可解、若不可解；故臺人謂詩之劣者曰「籤詩」，以其不足語於風雅之林也。愚夫愚婦，虔誠禱告，每得一籤，就人解釋；吉凶禍福，信口而談。卜者認以爲眞，亦可憐已！

臺南籤詩，舊時五妃廟最靈，士之熱中功名者多往乞之。故邱滄海〈五妃廟〉詩云：「三尺土乖同穴望，百枝籤乞進香詩。」則詠其事。

第四章

歌謠曲藝

李國初版畫：補漁網

65 臺灣祀神之曲

臺灣無祀神之曲，唯文廟釋菜❶，須歌〈四平之詩〉；其譜頒自禮部，各省皆同。文廟之樂，謂之古樂；八音協奏，溫厚和平，饒有肅雍之象。

臺南文廟舊爲全臺首學，故設樂局以教樂生。而士人之習樂者，別設樂社，以時演奏，謂之「十三腔」。十三腔者，以小鉦十三面調節音律；其樂器與古樂略同，唯無鐘、鼓、柷、敔❷，而多絲、竹之屬。其譜傳自中華；若〈殿前吹〉、〈折桂令〉、〈紫花兒序〉則臺南自製，與各地不同。

【注釋】

①釋菜：以芹藻之禮敬先師。古始入學，行「釋菜禮」。

②柷、敔，皆木製敲擊樂器。

66 基督教入六社

宗教之中，各有音樂，以保其清閟莊嚴之氣象；故梵唄之音、遊仙之曲，聞其聲者多超然出世之想。基督教之禮拜祈禱，須歌〈贊美詩〉；其詩多譯臺語，婦孺周知。蓋基督教之布教，多向普通社會宣傳；故其《聖經》輒譯各地方言，傳人易曉。曩者荷蘭據臺時，牧師嘉齊宇士曾以「摩西十誡」、「耶教問答」譯爲番語，以教六社番人；故番人頗恭順，則宗教之力也。

67 戲劇多演泉州故事

臺灣之劇凡數種：曰「亂彈」，即正音也；曰「四平」，則崑曲之支流也；曰「老戲」，即樂律似崑而曲爲南詞；曰「戲仔」，即七子班，猶古之小梨園也——唱詞道白，皆用泉音，其所演者亦多泉州故事，如〈荔鏡傳〉、〈護國寺〉等。又有傀儡班、掌中班，亦泉劇也。

68 梆子腔

「亂彈」之戲，傳自江西，故曰「江西班」。其所唱者，有「京調」、有「徽調」、亦有「崑曲」；如〈費宮人刺虎〉、〈百花亭贈劍〉，尤其著也。崑曲文辭美麗、音韻悠揚，非村夫市儈所能領會；三十年來絕少唱者，今已爲廣陵散❶矣。庚子聯軍之役，西太后幸陝；秦中固有「梆子腔」，聞而悅之，召入供奉。及回鑾時，從入京；流傳津、滬。上海班之來臺者遂唱此調，一時頗盛。然「梆子」聲悲而厲，識者以爲亡國之音；不及十稔而清社覆矣。

【注釋】

①三國時，嵇康不與曹魏政權妥協，因此不為當局所容而被殺。嵇康善鼓琴，臨刑前索琴，奏〈廣陵散〉，嘆曰：「廣陵散從此絕矣！」

69 崑曲支流已絕跡

「四平」爲崑曲支流，亦曰「四平崑」。演唱之劇範圍較小，所謂「征番」、「報冤」、「撲虎」、「娶某」也。三十年來漸就寥落，今已絕跡；唯民間樂社尙有習者。

70 咒語

「傀儡」爲祀神之劇。開演之時，連鑼數次；乃請所祀之神曰相公爺者，繞場三匝。演者信口而念曰：「路里令，里路令；路令、里令，路路令；里令、路令，里里令；路里令，里路令。」循環雜誦，凡數十語；此眞有音無意義矣。《翻譯名義集》謂咒語不翻，存其實也；故佛藏有顯、密兩部。

71 泉州話布袋戲

「掌中班」有南、北曲之分，說白皆用泉語，詼諧盡致；作對吟詩，饒有趣味，且常演全本，雅俗咸喜觀之。

72 桃花過渡

「車鼓」、「採茶」，皆民間一種歌曲；亦能扮演小劇。如〈桃花過渡〉，一男一女粉墨登場，彼唱此酬，辭近淫褻❶。村橋野店，燈影迷離、遊人雜沓，每至僨事❷，故舊時禁之。

【注釋】

① 褻，污濁。

② 僨事，敗事。

73 酒徒散盡佳人老

三十年來，臺北始有女伶，曰「詠霓裳」。其曲師多京、滬班人，聲調步驟悉如正音；有時且過之，可謂青出於藍矣。「詠霓裳」之伶多名角，或死、或嫁，今已寂然。繼之者爲桃園之「永樂社」，亦多佳麗，而紅豆、月中桂且以抑鬱死。

余有詩云：「酒徒散盡佳人老，說到看花便惘然！」思之深喟。

74 臺北白話戲

臺北近有歌仔戲，亦曰白話戲；由「車鼓」、「採茶」而演進者也。其說、唱皆用臺語，且能演「亂彈」所演之劇，故婦女喜觀之。然編劇者既無藝術觀念、演之者又多市井無賴，故每陷於誨淫敗俗之事。余意此劇頗合鄉土文學，如得有心人而管理之，腳本、腳色均爲選擇，求適時代，爲社會教育之補助；則其號召感化力，比之改良戲、文士劇尤爲易易。

75 皮猴之戲

傀儡班、掌中班之外，又有影戲。剪皮爲人，施以五彩，映影於幕，如走馬燈；亦有彈唱，入夜演之。臺人謂之「皮猴」。故里諺曰：「一冥看夠天光，㧣知皮猴一目。」以喻人之不曉事也。皮猴之戲，今已甚少，唯臺南鄉間尚有演者。

76 南管北管

臺灣音樂有「南管」、「北管」之分。「北管」樂器、曲調與「正音」同，亦能登臺扮演；所謂「子弟班」也。「南管」則「南詞」，其曲多泉州文士所製，取材富麗，音韻抑揚，又多兒女子事，使人之意也消。「北管」之聲宏而肆、「南管」之聲緩而悲，則民俗之異也。

《樂記》曰：「樂者，音之所由生也；其本在人心，感於物也。是故其哀心感者，其聲噍以殺；其樂心感者，其聲嘽以緩；其喜心感者，其聲發以散；其怒心感者，其聲粗以厲；其敬心感者，其聲直以廉；其愛心感者，其聲和以柔：六者非性也，故愼所以感之。」然則音樂之關於人性也大矣。

77 勾闌藝旦

海通以前，臺之商業與泉州關連；「一府、二鹿、三艋舺」，亦多泉人貿易。故勾闌❶最重南詞，以泉人之好之也。泉船載貨，北自天津、牛莊，南訖暹羅、呂宋，一年數至，貨物充積；操其奇贏，頗肆揮霍，故勾闌亦盛。及各國互市，輪船來往，泉船漸失其利；而藝旦亦唱北曲。然北曲流傳既久，失其本眞，士人復少知者。光緒十七年，唐景崧任布政使司，爲母介壽，特召上海班來演。當是時臺北初建省會，遊宦寓公簪纓畢至，大都中土人士，雅好京調；勾闌從而習之，而南詞遂微微不振，是亦風氣使然也。

【注釋】

①勾闌，一作勾欄，為妓院之別稱。

78 駛犁歌：咿啞啁哳

〈駛犁歌〉爲鄉閒一種音樂，則農歌也。田家作苦，歲時伏臘拊髀擊缶，而歌嗚嗚。故楊惲之詩曰：「田彼南山，蕪穢不治；種一頃豆，落而爲萁。人生行樂耳，須富貴何爲？」此誠善寫田家之苦樂矣。

臺灣之駛犁歌，大都有聲無辭，所謂「咿啞啁哳難爲聽」也。鄉中賽會，逐隊而出，以一男子駛犁、兩女子驂左右，和以絲竹，節以銅鉦，且唱且行，手舞足蹈。彼輩自有樂趣，固不得以「巴人下里」而擬「白雪陽春」也。

79 草地鑼鼓

「車鼓」、「採茶」之外，有「太平歌」、有「小兒樂」、有「大鼓花」，皆村樂也。大都有音無辭，府城人所謂「草地鑼鼓」者也。臺灣初啓，草萊未闢，故鄉村曰「草地」；而村人稱府城爲承天府，以鄭氏所建也，或訛其音曰「神仙府」。劉芑川詩云：「飄零幸到神仙府，始識人間有稻粱。」則爲澎湖人而詠者。

80 盲女賣唱

〈孔雀東南飛〉爲述事詩，猶今之彈詞也。

臺南有盲女者，挾一月琴，沿街賣唱；其所唱者，爲〈昭君和番〉、〈英臺留學〉、〈五娘投荔〉，大都男女悲歡離合之事。又有採拾臺灣故事，編爲歌辭者，如

〈戴萬生〉、〈陳守娘〉及〈民主國〉，則西洋之史詩也。

今之文學家，如能將此盲詞而擴充之，引導思潮、宣通民意，以普及大眾；其於社會之教育，豈偶然哉！

81 鄉村「跳鼓」

鄉村之間，有所謂「跳鼓」者，猶今之跳舞也。

春秋佳日賽會迎神，廣場之外，綠陰環繞，以一男子抱鼓而立，四人持鑼侍四隅，又有一人舉紅繖❶；鑼聲一鳴，鼓聲應之，或前或後、或俯或仰、或開或合、或疾或遲，舉繖者隨其進退，繖影繽紛，鑼鼓並作。觀者喝采，歷時始罷；其所以娛神者至矣。

夫歌舞之樂，本乎人情；先王制樂，以象其德。故「跳鼓」之技出自鄉中，可與「駛犁歌」相偶也。

【注釋】

①繖，傘的本字。

82 臺灣育兒歌

《樂府》有〈靧面❶辭〉，爲兒童洗面而作也；曼聲宛轉，聞之心愉。茲錄其語，以與臺灣「育兒歌」相較。

〈靧面辭〉曰：「花紅紅，雪白白，爲兒靧面愛兒皙；雪白白，花紅紅，爲兒靧面愛兒容。紅紅花，白白雪，爲兒靧面愛兒潔；白白雪，紅紅花，爲兒靧面愛兒華。」

〈育兒歌〉則「栲栳❷歌」，其辭曰：「搖也搖，阿囝倭困著來搖；嗚也嗚，阿囝倭困著來嗚。嗚嗚困，一冥大一寸；嗚嗚惜，一日大一尺。」

此爲一種文學，而發自婦女口中，其愛護兒童之心至矣。

【注釋】

① 靧面，洗臉。

② 栲栳，是以柳條或竹篾編織而成的盛物器具。此處意指竹篾編成的搖籃。

83 水手爺

臺南勾闌之中，祀一紙偶，曰「水手爺」，即南鯤鯓王之水手也。龜子、鴇兒每夕必焚香而祝曰：「水手爺，腳蹺蹺、面繚繚，保庇大豬來進稠。來空空、去喁喁，腰斗舉阮擈❶，暗路著敢行。朋友勸物聽、父母罵物驚，某囝加講食擈骿❷。」此爲一種咒語，野蠻人每用之。今勾闌視嫖客爲大豬；夜度無資，抑留勿出，則曰弔猴。豬也、猴也，皆獸類也；而狹邪子弟喜爲之，可憐可憫！

【注釋】

① 喁喁，眾人向慕之狀。意指嫖客進門時，一副不知死活的樣子（空空）；腰斗舉阮擈，是指腰間的寶物任由人搜索染指。

② 某囝加講食擈骿，是指妻子兒女勸他（加講），換來一陣撲打。

84 烏貓烏狗歌

臺北近來有所謂「烏貓烏狗歌」者，事既穢淫，語尤鄙野。而乃攝入聲片，傳布四方；民德墜落，至於此極，亦可哀已！夫欲提倡鄉土文學，必須發揮鄉土之美善，而後可以日進。若作此歌者，必非臺人；否則受人指使，故爲違心之言以自汙衊，是臺人士之恥也！

因憶昨年秋，某週刊曾登小說一篇，載臺北一車伕與其婦詬誶之言，此罵彼訾，見之不快；而作者乃忍寫之，豈非自侮之道乎？余，臺灣人也。臺灣民族之衰落雖至如此，而前途一線之光明，尙有望於今日文學家之指導也。

第五章

詩詞聯對

李國初版畫：中途（金門所見）

85 臺灣詩壇盛事

臺灣詩學之興，始於明季。沈斯庵太僕以永曆三年遭風入臺，時臺爲荷人所據，受一廛以居，極旅人之困，弗卹也。及延平至，以禮待之。斯庵居臺三十餘載，自荷蘭以至鄭氏盛衰，皆目擊其事；著書頗多，海東文獻推爲初祖。清人得臺，斯庵亦老矣；猶出而與宛陵韓又琦、無錫趙行可等結「東吟社」，所稱「福臺新詠」者也。

當是時，臺灣令沈朝聘、諸羅令季麒光均能詩，朝聘有《郊行集》，麒光有《海外集》、又有《東唱和詩》。荒裔山川，遂多潤色。遊宦寓公先後繼起，若孫元衡之《赤嵌集》、陳夢林寧之《遊臺詩》、范咸之《婆娑洋集》、張湄之《瀛壖百詠》，蜚聲藝苑，傳布海隅。而臺人士之能詩者，若黃佺之《草廬詩草》、陳輝之《旭初詩集》、章甫之《半嵩集》、林占梅之《琴餘草》、陳肇興之《陶村詩稿》、鄭用錫之《北郭園集》，或存或不存、或傳或不傳，非其詩有巧拙，而後人之賢、不肖也。

夫清代以科舉取士，士之讀詩書而掇功名者，大都浸淫於制藝試帖；元音墜地，大雅淪亡。二三俊秀，自以詩鳴，摛藻揚芬，獨吟寡偶；不過寫海國之風光、寄滄洲之逸興，未有詩社之設也。光緒十五年，灌陽唐景崧任臺灣道；道署固有斐亭，景崧葺而新之，輒邀僚屬爲文酒之讌，臺人士之能詩者悉禮致之。風雅之休，於斯爲盛。及景崧升布政使，駐臺北；臺北初建省會，簪纓薈萃，景崧又以時集之。

時安溪林鶴年以榷茶在北，亦能詩。一日，自海舶運來牡丹數十盆致諸會；景崧大喜，名曰「牡丹詩社」。當是時臺人士多以詩鳴，而施耐公、邱仙根尤傑出。二公各有詩集，不特稱雄海上，且足拮抗中原。乃未幾而鼙鼓遠來，風流雲散；回首興亡，眞不勝今昔之感矣！

86 可憐化作赤嵌潮

乙未之役❶，輿圖易色，民氣沸騰。中土士夫之眷念臺灣者，爲詩頗多；嘉應黃公度京卿有〈民主國歌〉，語尤悲壯。當是時，易實甫奉南洋大臣之命，視師臺南，有〈寓臺感懷詩〉六首。和者十數人，如吳季籛之「忽往忽來心上血，可憐化作赤嵌潮」！蓋其慷慨從戎、從容就義，固已蘊於此時矣。

余曾摭拾乙未之詩數十首載於《臺灣詩乘》，亦足以資後人之感慨也。

【注釋】

①甲午年（一八九五年）清朝割讓臺灣予日本，翌年為乙未年。乙未之役，是指日本佔領臺灣時，臺灣各地的抗日戰役。

87 《臺灣詩乘》

《臺灣詩乘》所收，作者約三百人，爲詩近千首。自鄭氏以前至於乙未，凡生斯、長斯、宦遊於斯者莫不採入，可謂多矣。二十年來，余既刊行《臺灣通史》以保文獻，又撰《臺灣詩乘》以存文學；余之效忠桑梓亦已勤矣，而猶不敢自怠。一息尚存，此志不泯。余將再竭其綿力，網羅放失，綴輯成書，以揚臺灣之文化。

88 為臺灣作詩

婆娑之洋、美麗之島，昔人所謂海上仙山者也。故自開闢以來，中土士夫之戾止者，多有題詠：如孫湘南之「山勢北盤烏鬼渡，潮聲南吼赤嵌城」；范九池之「金穴玉山那可到？湯泉硫井轉相憐」；陳恭甫之「南屏鼓角三更月，北衛風沙萬里雲」；馬子翊之「滿樹花開三友白，孤墳草爲五妃青」，皆足爲臺灣生色。

今之作者何不著意於此，而乃作毫無關係之題目！臺灣詩人雖多，而眞能爲臺灣作詩者，有幾人哉！

89 草地人悲歌

《海東校士錄》有〈新樂府〉六章，則爲臺灣而作者；曰〈保生帝〉、曰〈鯤身王〉、曰〈羅漢腳〉、曰〈伽藍頭〉、曰〈烏煙鬼〉、曰〈草地人〉，皆本地風光也。〈草地人〉一首，爲李華所作。華，臺灣府治人，道光間廩生。其詩錄後：

「臺陽膏腴地，一歲或三熟。可憐草地人，不得飽糜粥！里正催租來促人，林投有洞去藏身；晝伏夜歸餓不忍，歸來惟對甑中塵。曩者城中來，曾見城中客；峨峨稱大家，丹艧間金碧。豐衣美食如山積，不如賣女圖朝夕；使儂莫作溝中瘠，女事貴人兩有益！吁嗟乎，墜茵墜溷莫可知，飛絮飛花豈有擇？君不見：石濠別，幽怨聲；流民圖，涼淒色！」

此眞爲草地人寫照矣。今之佃農，其景象又何如也！

90 詩會盛況

三十年來，臺灣詩學之盛，可謂極矣。吟社之設，多以十數。每年大會，至者嘗二、三百人。賴悔之所謂「過江有約皆名士，入社忘年即弟兄」，誠可爲今日詩會讚語矣。顧其所作者，多屬擊缽吟。夫擊缽之詩，非詩也。良朋小集，刻燭攤箋，鬥捷爭奇以詠佳夕，可偶爲之而不可數；數則詩格日卑而詩之道僿矣。然而今之詩會非擊缽吟無詩，今之詩人非作擊缽吟之詩非詩；是則變態之詩學也，可乎哉？

91 臺灣方言入詩

唐人作詩每用方言，宋人之詞尤多用之。而臺灣方言之可入詩者，若「騎秋」、若「禪雨」、若「海吼」、若「迴南」、若「雙冬」、若「九降」、若「蔣鵲」、若「潮雞」，皆雋語也。我臺詩人，當有取而用之者。

92 竹風蘭雨

「竹風蘭雨」，爲詩人讚美臺北之景象，以新竹多風而宜蘭多雨也。

臺灣地理，大甲中分，南方常暖、北方稍寒。故張鷺洲詩云：「少寒多燠不霜天，木葉長青花久妍；眞個四時皆是夏，荷花度臘菊迎年。」此雖泛寫臺灣，而實爲臺南特色。黃曜堀詩曰：「海內何如此地溫，恆春樹茂自成村；輕衫不怯秋風冷，終歲曾無雪到門。」眞是常夏之國，與北戎之凍雨霾風者迥不同矣。（按：恆春在臺之極南，光緒初設縣；今爲郡。）

93 奇妙詩鐘

詩鐘雖小道，而造句鍊字、運典搆思，非讀書十年者不能知其三昧。詩鐘之源起於閩中，所謂「折枝」者也。每作一題，以鐘鳴爲限，故曰詩鐘。

臺灣之有詩鐘始於斐亭，曾刻一集名曰《詩畸》。顧其時所作，不過嵌字、分詠、籠紗數格。今則愈出愈奇，以余所知者凡有十四：

一曰「嵌字」，拈平仄兩字而對之，在第一字者曰「鳳頂」、第二字曰「燕頷」、第三字曰「鳶肩」、第四字曰「蜂腰」、第五字曰「鶴膝」、第六字曰「鳧脛」、第七字曰「雁足」；

二曰「魁斗」，拈平仄二字，嵌於出句之首與對句之尾；

三曰「蟬聯」，拈平仄二字，嵌於出句之尾與對句之首；

四曰「鷺拳」，拈平仄二字，嵌於出句之第二字與對句之第六字，或易之亦可；

五曰「八叉」，拈平仄二字，嵌於出句第一字與對句第二字，或出句第二、對句第三，餘可類推；

六曰「分詠」，以一雅一俗，成爲一聯；

七曰「籠紗」，眼字兩字一平一仄，隱而能著，見之則知；

八曰「晦明」，眼字二字仍分平仄，一用籠紗之法、一用嵌字之法；

九曰「合詠」，無論寫景言情、詠物懷古，但須嵌一絕無相關之字，讀之如無痕跡；

十曰「鼎足」，以成語三字爲眼，則嵌二字於出句之首尾、一字於對句之第四字，互調亦可；

十一曰「碎錦」，以成語四字或五字為眼，嵌於兩句之內，眼字不得相連；

十二曰「流水」，以成語四字或五字為眼，嵌於兩句之內，眼字必須順序；

十三曰「雙鉤」，以成語四字為眼，順序分嵌於兩句之首尾；

十四曰「睡蛛」，以四字為眼，每句分嵌二字必須相連、且須相對，又應變化本義，而後合式。

94 東海鐘聲

十四格之中，最難者為「籠紗」、「流水」、「雙鉤」、「睡蛛」及「合詠」、「嵌字」。今之作者多誤「分詠」為「籠紗」，蓋分詠係拈兩事物，雅俗並陳，各詠其一；而籠紗則僅擇兩字，一下一仄分罩成聯，不得以空句而塞責也。試就《東海鐘聲》所選者錄其一二：

「籠紗」如「元旦」云：「唐代合呼才子姓，吳宮初進美人名。」

「流水」如「山中春雪」云：「山繞中條雲不斷，春歸上苑雪初融。」

「雙鉤」如「半夜中宮」云：「半畝蛙喧聲破夜，中天蟾冷影沈宮。」「睡蛛」如「萬物歸之」云：「流水何之歸海白，春風煦物萬山青。」

95 嵌字詩

「合詠」、「嵌字」，有時容易，有時甚難；唯在作者之運用耳。余刊《臺灣詩薈》，曾以「蝴蝶蘭嵌春字」徵詠，作者頗多。其佳者，如一鷗之「佩來未覺春如夢，撲去方知國是花」；鏡泉之「舞罷春風芳竟體，夢回楚水化前身」；醉月之「幽香春入滕王帖，素艷詩吟謝逸篇」；顯升之「慕名客自恆春至，入夢人分楚畹香」；述公之「幽谷春花述曉夢，比鄰新釀借芳名」：皆佳句也。

96 詠延平郡王

光緒紀元，沈文肅❶公視師臺南；奏建延平郡王祠，從臺人士之請也。祠成，文肅自撰一聯云：「開萬古得未曾有之奇，洪荒留此山川，作遺民世界。

極一生無可如何之遇，缺陷還諸天地，是創格完人。」

此外尚多佳搆：如夏觀察獻綸云：「天地間有大綱，耿耿孤忠，守正朔以挽虞淵，祇自完吾氣節。古今來一創局，茫茫荒島，啓沃壤而新版宇，猶思當日艱難。」

周太守懋琦云：「獨奉勝朝朔，來開盤古荒。」

袁司馬聞柝云：「毘舍之間開一域，崖山而後矢孤忠。」

方司馬祖蔭云：「土宇闢滄溟，移孝作忠，天爲孤臣留片壤。血誠矢皦日，原心略跡，帝頒曠典報馨香。」

張軍門其光云：「生爲遺臣，沒爲正神，獨有千古。今受大名，昔受賜姓，諒哉完人。」

越年，王中丞凱泰巡視臺灣；時適開闢後山，因撰一聯云：「忠節感穹蒼，大海忽將孤島現。經綸關運會，全山留與後人開。」

又十年，劉中丞銘傳巡撫臺灣；蒞南試士，亦撰一聯云：「賜國姓，家破君亡；永矢孤忠，創基業在山窮水盡。復父書，辭嚴義正；千秋大節，享俎豆於舜日堯天。」

【注釋】

①沈葆楨，福建侯官縣人。清同治十三年，日軍侵臺，引發「牡丹社事件」，沈葆楨奉命來臺進行軍事部署。兩度主持臺政，在臺灣推展洋務運動，頗多建樹。

97 沈葆楨撰聯

王祠後殿祀翁太妃，其左祀寧靖王及五妃、右祀監國世子與陳夫人。文肅各撰一聯：

太妃祠云：「劍影出寒空，烈母合隆當代祀。山光騰絕島，奇兒似爲有明生。」

寧靖王祠云：「鳳陽一葉盡；瀛臺寸草春。」

監國祠云：「夫死婦必死；君亡明乃亡。」

祠之兩廡，合祀明季文武諸臣，其姓名載於《臺灣通史》。時侯官陳謨爲府學教授，曾與建祠之役；亦撰兩聯：東廡云：「逋播老蠻天，是洛邑頑民、遼東處士；文章傳幕府，聽西臺痛哭、蒿里悲歌！」西廡云：「返日共揮戈，滄海樓船拚轉戰。餘生皆裹革，秋風甲馬倘來歸！」

98 城隍廟悍聯

臺南廟宇之楹聯，頗多佳作；劫火之後，毀滅無遺。府城隍廟有一對，不知何人所撰，今猶約略記之。

城隍者，所謂獎善殫惡之神也；故語威而毅，儼如酷吏口吻。聯云：「問爾平生，所幹何事：謀人財？害人命？姦淫人婦女？敗壞人綱常？算從前邪謀詭計，那一條孰非自作！到我這裏，有罪必誅：殲汝算！殺汝身！殄滅汝子孫！降罰汝禍殃！看今日凶烽惡燄，有幾個至此能逃！」

此眞爲惡人說法者矣。世有不遵道德、不畏法律而獨懼鬼神，欠債不還、偷盜不認，邀往城隍廟殺雞設誓，則勃然變色，以爲冥冥中若有鑑臨之者。乃知神道設教，專治愚頑；民智未齊，尙不足語於無鬼之論也。

99 斐亭遺韻

「鐵馬金戈，萬里歸來眞臘棹；錦袍紅燭，千秋高會斐亭鐘。」此唐維卿觀察自書斐亭聯句也。斐亭在道署內，修竹假山，地殊清閟，故《舊誌》有「斐亭聽濤」之景。法越之役，維卿以翰林出關，說劉黑旗❶歸附逐；授臺灣兵備道。乃修葺斐亭，退食其間，輒邀僚屬爲文酒之讌，臺人士之能詩者悉禮致之。扢雅揚風，一時稱盛。今斐亭已毀，鐘聲久沉；憑弔興亡，寧無悽愴！

【注釋】

① 劉黑旗，指劉永福，因組「黑旗軍」赴越南平定亂事、對抗法軍，故稱黑旗軍。「臺灣民主國」成立後，劉永福擔任民主國大將軍，駐紮臺南府城，日軍登陸臺灣後，未戰而逃。

100 「鳳兮」難對

鳳山以山名，語其形也。前時縣令某，有女美而慧，擅詞藻，曾出一聯徵對，且欲以量邑人士之才。聯云：「有鳳山、無鳳宿，鳳兮鳳兮，何德之衰！」一時無有對者。以今思之，未得其耦。蓋「鳳兮」二句為成語，故難求凰也。

101 客人請人客

俗諺，多可作對。茶餘酒後，曾舉一二：如「客人請人客」對「頭對作對頭」。又如「七扔八添九抄十無分」對「一錢二緣三水四少年」。眞是天造地設，妙趣橫生。

臺南《三六九小報》疊載「新聲律啓蒙」，為趙少雲、洪鐵濤及同好之士所作；悉採里言，復叶音韻，誠可謂本地之風光而藝苑之藻繪也。他日如刊單本，布之海內，亦可為臺灣之特色。

102 《臺灣語典》

中華改造之年，余在滬上，有以「社會黨」三字徵對者，余以「君王后」對之，頗嫌平仄未調。及歸故鄉，適迎天后，臺人所謂「媽祖婆」者也；余意以對「君王后」，則語調和叶。復欲以「媽祖婆」徵對；洪鐵濤曰：「可對『嬰兒子』」。余曰：「甚工！」蓋「社會黨」等以一名辭而函六義，又可循環互注，莊生所謂「周遍咸三」者，異名而同義者也。

近撰《臺灣語典》，有「婦人人」一名，余欲出以徵對；因思《儀禮》有「男子子」可爲佳耦。乃知「婦人人」三字，其造語亦有所本也。

103 春宵燈謎

燈謎爲文人遊戲，而春宵之樂事。我臺先輩之善此者，代有其人。

先大父耋耄之年猶好此事，每聞懸謎，欣然而往，夜闌始歸。家中積稿，高至尺餘。余亦好此，與二三友朋時爲隱語以相探索。

孔子曰：「不有博奕者乎，爲之猶賢乎已。」夫謎，猶其小者。然而玄機巧思，應象無方，鬥角鉤深，億則屢中；比諸飽食終日、無所用心者，其得失爲何如也！

104「紅紫十千」是萬丹

臺人士之謎，除用「四書」、「五經」外，嘗採里諺而取諧聲，所謂「梨花格」者也。「梨花格」之謎，半雜詼諧，或唱漳音、或唱泉音，非本地人不知其妙。如：「勺」字打俗語二，猜「作勺，蝃❶一點」。其有用地名者，如：「各個」打「半路竹」、「紅紫十千」打「萬丹」、「胸呑雲夢者八九」打「大肚」。此則名正言順，各地可通行也。

【注釋】

① 蝃，少也。《五音集韻》：蝃音輟，吳人謂物短為蝃。

105 偽造鄭成功遺物

延平郡王之詩已載《臺灣詩乘》，而書亦有存者。曩時海會寺僧傳芳巡錫泉州，聞故家黃氏有王書，造門請見；黃氏以海會為北園別墅，與鄭氏大有因緣，慨然相贈。今藏寺中，則以行書而寫周子「太極圖說」者也。比年以來，頗多贋品，素紈不點，朱印爛然，有署「大目」者、有鈐「敕封延平郡王」者；作僞之跡，見之可哂。夫賜姓初名森，字大木，非「大目」也。永曆朝雖封延平郡王，未曾一用；文移書答，但稱「招討大將軍」，豈有平常縑素而蓋王章，且有「敕封」二字？是作僞者之不知史事，昭然若揭矣。

106 東都宏文之士

東都初建之時，中土士夫之來者，若徐中丞孚遠、王都憲忠孝、辜御史朝薦、陳參軍永華、李孝廉茂春等，大都宏文積學之士；而沈太僕光文且先入處。余已各採其詩，載於《臺灣詩乘》；其書或傳、或不傳。近時市上竟有贗造太僕書畫者，而自署「光文沈斯庵」！夫太僕字文開，號斯庵；豈有倒書名號之理？且題畫之詩甚劣，復不見於《文開詩集》。然則作僞亦須學問，又豈貪夫所能爲哉！

107 寧靜王遺事

寧靖王術桂，爲明宗室；避亂入臺，鄭氏禮之。王善文學、工書翰，東都匾額，多所書。今其存者，唯北極殿之「威靈赫奕」四字；而武廟之「亙古一人」，已爲強暴者竊去。

然寸縑尺素有傳者，劉家謀《海音詩》注載：「韋明經廷芳云：寧靖王像，十年前見諸重慶寺街某老婦家。婦自言陳姓，其祖曾爲鄭氏將，故有此像。像戎裝獨立，儀容甚偉。上綴草數行，筆墨飛舞，則當日絕命辭也。韓孝廉治家亦有王手書杜詩一幀。」云。

家謀，字芑川，侯官人；咸豐間，任臺灣府學訓導。

108 陳永華多所創置

臺南陳氏宗祠有陳復甫總制手書一軸，草書古格言五行，款書「永曆十六年秋九月復甫陳永華」。筆力矯健而含渾厚，誠足寶也。復甫，福建同安人；延平開府思明之時，授諮議參軍。後任東都總制，興文造士，寓兵於農；制度典章，多所創置。

（事載《臺灣通史》。）

109 富春江上撈蝦翁

清代宦遊之士，大都能詩、能書；而周芸皋觀察尤善畫。芸皋名凱，字仲禮，浙江富陽人。道光十三年，由興泉永道調臺灣。所作山水，筆與神會；嘗自署「富春江上撈蝦翁」。

110 劉銘傳詩文

劉壯肅撫臺之時，菹南歲試，鄉人十頗譏其不文。顧壯肅以布衣從戎，積功至陸路提督，授男爵；解甲歸田，養晦讀書。及法人之役，乃起用。余讀其《大潛山房詩集》，多警句，則非不文者也。壯肅之書，除延平郡王祠楹聯外，余於大科嵌蓮座寺見其一聯；聯云：「一品名山，萬年福地。」

第六章

藝術器物

111 談藝兩名士

晚近談藝之士，輒言呂西村、謝琯樵；二君皆流寓也。

西村名世宜，字不翁，同安人。精書法，工篆隸，摹寫迫眞。受淡水林氏之聘，館於「板橋別墅」；著《愛吾廬題跋》二卷，門人林維源刻之。

琯樵名穎蘇，號嬾雲山人，詔安人。負奇氣，多畫蘭竹，山水尤佳；題詩、作書皆超脫不群。壯年遊臺灣，歷主巨室，居於海東精舍；後入林剛愍戎幕，殉於漳州之役，談者以爲有古烈士風。二君之作，鄉人士多有存者。

112 書畫名家

臺人士之書畫，《舊誌》所載，若王之敬、陳必琛、莊敬夫、張鈺、馬琬、徐元等皆有名藝苑，琬之母某氏尤善水墨蘆雁；顧多不傳。余所見者，有黃本淵、陳維英之書、吳鴻業之畫蝶、王獻琛之畫蟹、林覺之人物、林朝英之花卉，皆足珍貴；但恨少覯耳。

夫以臺灣山川之奇秀、風濤之噴薄、珍禽怪獸之遊翔、名花異木之蔚茂，璀璨陸離，不可方狀；臺人士之生斯、長斯者，能舉當前之變化而蘊蓄之，發之胸中、驅之腕底以自成其藝，豈不美歟！

113 尺牘不修

海桑以後，士之不得志於時者，競爲吟詠，以寫其抑鬱不平之氣；而潛心書畫者較少。曩者科舉之時，學書者咸習歐、趙小楷，以符功令；擘窠大字，每不能書。今則非其時矣；然新進之士視爲無用，棄而不學。即欲學矣，而無師承，且無佳帖。夫學書程序，當以臨帖爲準繩；帖之優劣，關繫實宏。

臺人素吝購書，誰復肯以重金而買一帖？此其所以不進也。今之學子志氣軒然，株守故鄉得過且過，則鋼筆一枝足矣。若欲昂頭天外，渡海而西與中人士相晉接，尺牘之書須求精美，始不貽笑大方也。

114 曼殊和尚畫作

畫之美術，無分南北，更無分東西。而今之習畫者，多學西洋，復多模寫裸體美人以博時流之嗜好而計售値之低昂，是畫之生命失矣。有清之季，革命將興，曼殊和尚曾作「翼王夜嘯圖」，印於《民報》；見之神王，乃知一畫之力，其感人有如是也。臺灣今日之景象如何，翹翹畫家胡不寫之，以示諸世上？若乃模山範水、染翠渲紅自成其美，則與擊缽吟之詩同類矣。

115 篆刻之技

篆刻之技，臺灣頗少。余所知者，臺南有陸鼎、新竹有查仁壽。鼎，山陰人；仁壽，海寧人：皆宦遊者。鼎之鐫石，臺南尙有；而仁壽有「百壽章」，現爲竹人士所藏。

夫篆刻雖小道，非讀書養氣者未能奏刀砉然。余素有志於此，而學之不精，廢然而反。然追撫籀斯❶、摩挲金石，至今猶不能忘。

【注釋】

①籀，中國古代書體之一，即大篆。

116 安平兩石像

安平舊天后宮之後，有兩石像；所謂石將軍者也。余曾考其石質、觀其刻工，一爲荷蘭教堂之物，而一則鄭延平墓前之翁仲也。

安平天后宮爲荷蘭教堂之址，歸清以來改建廟宇，此像則在其間。其石爲泉州石，雕一平埔番人半身像，長約二尺八寸。以布纏額又覆其肩；兩手在胸，合握劍柄。觀其眼睛與華人不同，而刻畫手勢亦與華人有異，乃知其爲荷人之物也。

延平郡王初葬臺灣，《舊誌》雖不載明其地，顧以大勢而論，當在小北門外之洲仔尾。地與安平相近，一水可通，此像則見於此。百餘年前，乃移於安平提標館前以鎮水害；其後復移於此。像爲澎湖石，現已折斷，僅存上部自頂至胸，約長三尺二寸，爲古武士裝，與南京孝陵、北京長陵之石像形狀相同。但體制略小，當爲王墳之物。臺灣三百年間，唯賜姓封王，故有此禮。立其前者應有二石，而一不見，疑爲海沙埋沒。蓋自歸葬以後，無人管理，久而荒廢。然則此兩像，均爲希世之寶；不特可爲考古資料，亦足以見當時之美術也。

117 一峰亭

一峰亭在三界壇街，爲林朝英所建。朝英字伯彥，乾隆五十四年拔貢生。善書畫，精雕刻。曾購藍拔樹頭數百擔，擇其盤根錯節可爲器用者，遂得「一峰亭」三字（字大徑尺，筆畫天然，骨瘦而勁，深得顏、柳之神），嵌爲榜額，懸之亭上。余幼時猶及見之；法人之役，淮軍將卒借住其中一夜被竊，而匾猶存。海會寺大殿上有木蓮一瓶，高一尺餘，花一、房一、菡萏二、葉三，或舒或捲，不事修飾；亦爲朝英所供養，而今亡矣。

118 全臺第一雕刻師

光緒初，臺南有名匠馬奇者，善刻木；居做針街。北極殿祀玄天上帝，廟董委造神輿。奇乃選石柳之美者，雕三十六天罡之像，附以花木鳥獸；兩面透徹，接洽無痕。竭三年之力始成，觀者以爲全臺第一。乙未之役有兵駐此，鋸爲數片，攜之而去。其後有陳瑞寶者，居北勢街之橫街，亦善刻木；然不及奇。

119 胡桃雕刻十八羅漢

余少時嘗過西轅門街，見一老匠以桃核刻猴，用爲扇墜；又能以胡桃雕十八羅漢，鬚眉畢現，嘆爲奇絕。曩讀《觚賸》❶，載明宮中藏有胡桃一枚，一面刻東坡遊赤壁圖、一面刻「前赤壁賦」，驚爲神工鬼斧。臺灣所刻雖不及其精微，而亦一種之美術也。

【注釋】

①《觚賸》，清・鈕琇撰，所記為詩文雜事，明末清初史料。

120 天才黃土水

三十年來，我臺藝苑中有一黃土水❶氏，可謂天授之才也。土水，臺北人；肄業東京美術學校，擅雕刻。畢業之後，聲名鵲起；而天不假年，齎志以沒，亦可悲已！顧其所作，多屬顯者之象，此則環境使然也。夫其人既無可傳，則其象又何足貴！幸而土水有一釋尊下山之象，現存臺北龍山寺。六朝以來，爲釋尊造象者，咸在「鹿苑說法」以後，三十二相威儀穆棣。而此爲成道之時，孑然下山，容貌清癯，慈祥救世之心靄然流露；非悟徹色相者，不能寫其莊嚴。余謂文學家之作文，當得好題目而作之，方不空費筆墨；而美術家之造象，須求偉大人物而造之，乃得傳之久遠而爲後人景仰也。

【注釋】

①黃土水（一八九五—一九三〇），一九一五年入東京美術學校學雕刻，開臺灣人學習西洋雕塑之先河，主要作品有《水牛群像》、《甘露水》、《釋迦立像》等。

121 松雲軒刻本

活版未興以前，臺之印書，多在泉、廈刊行。府、縣各誌，則募工來刻，故版藏臺灣。然臺南之「松雲軒」亦能雕鐫；余有《海東校士錄》、《澄懷園唱和集》二書，則松雲軒之刻本也。紙墨俱佳，不遜泉、廈。《校士錄》為道光三十年兵備道徐宗幹所取海東諸生之詩文，而《唱和集》則光緒十五年臺南府唐贊袞所輯，唐景崧及其僚友之詩也。

松雲軒在上橫街，今廢。

122 臺灣古地圖

左圖右史，古人所尚。而歷史、地理、民俗、庶物之書，尤須有圖，方足考證。余撰《臺灣通史》之時，曾得明萬曆間荷蘭連少挺氏之臺灣圖，閱今三百年矣；模印卷首，以見當時地勢。又得荷人所繪圖數幅，為荷蘭圖書館所藏而影印者。其中一幅，則荷蘭守將投降鄭延平之圖也；爲題一詩：「殖民略地日觀兵，夾板威風撼四溟；莫說東方男子少，赤嵌城下拜延平。」

123 林爽文之役

乾隆五十一年林爽文之役，命大學士福康安率師蕩平；所至繪圖晉呈，高宗御製詩文題於其上。事竣，凡十二幅；鐫銅印刷，頒賜內外臣工。

余所藏者，則進攻大里杙❶之圖也。大里杙爲爽文故里，據溪築壘，防守甚固。康安親往督師，因名其地爲「平臺莊」，則今之「丁臺莊」也。

是役，用兵三年，糜費數千萬。《欽定平定臺灣方略》六十卷，余於文瀾閣《四庫全書》中見之；則當時之諭旨、奏疏及善後事宜也。趙甌北《皇朝武功紀盛》記載此役，亦頗詳細。余撰《林爽文傳》，則博採他書及故老傳聞而參酌之，以求徵實。蓋作史者不得純從官書，亦不可偏信野乘；必於二者之中考其眞僞，而後能得其平也。

【注釋】

①大里杙，今臺中縣大里市。

124 采風圖考

《臺灣府誌》載：巡臺御史六十七[1]著《臺灣采風圖考》一卷、《番社采風圖考》一卷；余求其書，久而未得。《小方壺齋輿地叢書》雖有收入而有考無圖，則編者之失也。

【注釋】

①六十七，滿洲人，他的父親在六十七歲時生他，因此將他命名為六十七。

125 海東書院

海東書院在寧南門內，爲兵備道課士之所。內置講堂，堂前有老榕，爲數百年物，謂之榕壇；其旁，則齋舍也。院中藏書甚富，多官局之版，歷任巡道每有購置。乙未之役，悉遭燒燬；府、縣誌版用以摧薪，是誠臺灣文化之不幸矣！

126 漢唐碑帖

臺灣無藏書之家。所謂搢紳巨室，大都田舍郎，多收數車粟，便欣然自足；又安知藏書之爲何事哉！然藏書不難，能讀爲難，而後人之能繼起尤難。

吾鄉陳星舟先生震曜，純儒也；嘉慶十五年，以優行貢成均。後任陝西寧羌州，歸時得漢、唐碑帖兩篋；子孫不知寶重，蠹食殆盡。余過其家，猶及一見。其後問之，則已投諸火矣，惜哉！

127 開井得瓶

《諸羅小志》謂：「鄭氏時加溜灣開井，得瓦瓶，識者云是唐、宋以前古器。惜其物不傳，亦不知瘞自何時。開闢之先，又何得有此瓶而瘞之耶？」按目加溜灣番社名，即之灣裏街。余家馬兵營，鄭氏駐師之地也。曾祖父時，穿井及丈，得古甕二，高約二尺，腹大口小，蓋以磚，內貯清水；余少時猶及見之。迨余居被毀，遷徙流離，未知棄置何處！

蓋臺爲海中孤島，自古已有往來；〈禹貢〉之「島夷卉服」，談者以爲則今之臺灣。而《後漢書》之東鯷國，余亦以爲臺灣。此後掘地得器，當有秦、漢之遺，豈僅唐、宋之物也哉！

128 臺灣之寶：玉笏

「臺南三郊」現藏玉笏一枚，相傳明寧靖王遺物，前人未有記者。唯福建巡撫王凱泰《臺灣雜詠》注云：「道光間，農人掘土得圭。法華寺僧奇成以穀易之；滌去塵埃，見『朱術桂』三字，知爲王物。近已飭藏祠中。」

余觀其笏，玉質雕工，均非明代之物；不知王中丞何所見而云？且此笏無字，當時何鏡山之跋已言之；又何以指爲「寧靖」？豈古諸侯王皆有執玉，因而附會歟？按《周禮》：「王執鎭圭，公執桓圭，侯執信圭，伯執躬圭，子執谷璧，男執蒲璧。」注：「圭剡上方下」。而此則上下俱方，非圭也；則非王之瑞信矣。

余又觀其形，長尺有八寸、寬二寸五分、厚四分五釐，重三斤許；色黝而澤，與近人所傳漢玉絕相類者，當爲漢代之製。夫既爲漢代之製，何以流落臺灣，豈漢人所遺歟？抑後之攜自中土而存於此歟？余聞此笏發見於大南門外桶盤淺莊之園中，爲法華寺僧所得；寺祀祝融，以此爲神之笏。乙未之役，爲人所竊；南人士大憤，籲之官，展轉數月乃歸。是此笏也，固足爲臺之寶，又不必繫之寧靖而始貴也。

129 溪中得玉笏

臺中吳鸞旂丈謂：「光緒間有漁者，於湖日溪中得玉笏一枚，攜至彰化市上求售；不知何人買去。」而臺南趙雲石先生亦言：「光緒初，大岡山麓農人鋤園，獲一玉笏；惜碎爲數片。」

此二者，余皆未見，不敢判其爲何代之物；聞其玉質雕工，有似漢代，誠可異也！夫臺灣爲海上荒土，何以有此玉笏；且又一再發見？岡山爲鳳山轄內，距臺南東南三十里；湖日在彰化之北，其始皆番地也。荒山幽谷，胡以有此古物？然則臺之開闢或遠在隋、唐以上？他日地不愛寶，發掘愈多；當就石器而求之，以研究有史以前之史。

130 臺灣史前史

余撰《臺灣通史》，始於延平建國；而追溯於隋、唐之際，此固有史可徵也。而欲研究有史以前之史，不得不求諸石器。顧其事有難為者：學識未深，則不能鑑別；資力未充，則不能搜羅；時日未裕，則不能考證。余雖有志於此，而索居故里，孤陋寡聞，即有發見，亦無同好之士可相討論；而臺灣有史以前之史，遂不得不俟之異日。

131 宋明瓷器

臺灣石器之發見，近來頗多。余所見者，大都耕獵、裝飾之物，屬於後期者也。聞卑南八社尚有巨石文化，則智識尤進。八社為平埔番人，性純良，久與漢人互市。家中每有宋、明瓷器，云其先人由中國商船易來；而其旁復多古墳。是此方之交通或早於前山，當就無史之史而研求之。

132 砥石歌

臺北圓山之麓，有貝塚焉，堆積纍纍，不可勝數；間有石斧、石鋤之屬，或完、或缺，是爲原人所遺。圓山固近海，原人拾貝以食，棄之穴隅，久而成塚；故貝塚之處，掘之則有石器。而圓山所有者，多耕稼及裝飾之用，則其人已進於新石器時代矣。又有一石，高二尺，大五、六尺，面平有稜；實經人力，以資磨礪，謂之砥石。

余友張築客聞余所談，曾作〈砥石歌〉。（載於《臺灣詩薈》。）

133 出土石刃

庚寅冬，臺中林氏新建宗祠，掘地九尺有五寸，獲一石，形如劍而亡其柄；工人不以爲意。越數日，乃告林君耀亭。耀亭出以示人，識者曰：「石器也，是爲原人之遺。求其旁，當有所得！」而柱礎已合，不可復掘，惜哉！

嗣余赴臺中，向耀亭索觀，石長一尺三寸有八分，腹闊四寸五分，腰三寸五分，脊厚五分；刃五釐、鋒二釐，尙利，似爲割鮮之器。色微黑而有綠點，光可鑑；其用久矣。然大墩無此石，則全臺近山亦無此石，豈由他處攜來歟？余撰《臺灣通史》引《隋書．流求傳》，謂「厥田良沃，先以火燒而引水灌，持一插以石爲刃（長尺餘、寬數寸）而墾之」。臺中固土番之地，近葫蘆墩。葫蘆墩者，〈流求傳〉中之「波羅檀」，爲「歡斯氏之都」。是此石器爲當時之物，沉埋土中，閱今一千七百餘年而後出現，亦可寶也。

134 烏山頭之石器

嘉南大圳開鑿之時，曾於烏山頭發見石器頗多，大都與圓山所掘者相似。蓋臺灣之石器皆屬後期裝飾之物，磨礲精細，尤爲可愛；非如前期之粗劣也。我輩生於今日，處此室中，而一石之小、一器之微，潛心揣摩邃古之生活、社會之組織，能知文化之程度，豈非可欣之事哉！然而世人紛紛擾擾，爭權逐利，互相吞噬，終歸於盡，亦唯供後人憑弔而已。

135 東鯷與臺灣

三十年前臺北新店溪畔，有人掘地，得古磚數塊；現藏臺北博物館，磚色黝而堅，重三斤許，長尺有三寸、寬五寸、厚二寸，底有紋，與《吳中金石錄》所載赤烏磚相似；豈吳人之所遺歟？

《後漢書．東夷傳》：「會稽海外有東鯷人，分爲二十餘國；又有夷洲、澶洲。會稽東冶縣人有入海行，遭風流移至澶洲者。所在絕遠，不可往來。」余以地望考之，東鯷即今之臺灣，而東冶爲今之福州。自漢早已交通，至三國而有征伐。按《臨海志》謂「吳赤烏中，曾用兵東鯷。當是時吳力方盛，經略東南，閩、粵、交趾均隸版圖；渡海而取珠崖，遂撫東鯷以溝日本」。

則吳人之來也，當由淡水溯江而上至於新店流域，築壘駐兵，以鎮蠻族；故有此磚。他日尚得古書、古器而兩考之，必能有所發見，唯在我輩之努力爾。

136 虎井沉城

《澎湖續編》謂：「虎井嶼東南港中，沉一小城，周圍百數十丈，磚石紅色。每當秋水澄鮮，漁人俯視波底，堅垣壁立，雉堞隱隱可數。但不知何時沉沒，滄桑變易，爲之一慨。」

按虎井嶼之旁爲將軍澳，則隋虎賁中郎將陳稜駐師之地。此沉城，或爲當時之軍壘沒入海中，而爲澎湖留一史蹟也。

137 臺灣探勘圖

荷蘭據臺之時，普陀山僧釋華佑，與其友蕭客偕遊臺灣，自蛤仔難入山，躬歷南北。所至，圖其山川、志其脈絡。客，俠士也；腰弓佩劍，饑則射鹿以食，故無絕糧患。華佑既去，主於安溪李光地，未久圓寂。光地愛其書，秘以爲寶；閱數世而爲某所得，攜至鹿港，某死遂散失。

余得其下卷，有圖十三，語多奇異。記云：「諸山名勝，皆蝌蚪碑文，莫可辨識。唯里劉山有唐碑，上書『開元』二字，分明可辨。」又云：「巴老臣人多識字，有讀《論語》、《孝經》者，但茫然作菩薩誦耳。」按：里劉今作理劉，在木瓜溪北，其外則花蓮港。巴老臣，未詳何地？以圖觀之，在交里宛北，中隔一溪。交里宛今作加禮宛，番社也；則巴老臣當為今之鵲仔埔。余有〈釋華佑遊記書後〉一篇，考證頗詳。（載《文集》中。）

第七章

古蹟之美

李國初版畫：井邊（馬祖所見）

138 延平郡王墓誌

臺灣石刻之最古者，當推「延平郡王墓誌」，今已不存；或當時攜歸石井，亦未可知。余讀鄭克塽所撰「先王父墓誌銘」，謂：「王父生平事蹟，先卜葬臺灣，已悉前誌。茲第敘其生卒年月、世系、子姓納諸幽壙，用示後之子孫。」

嗚呼，前誌而在，微爲一篇大文！且當東都建造之時，無所忌諱，則王之功勳文采昭然炳然，又何至搜求缺漏哉！而最可恨者，莫如舊時府、縣各誌，王之事蹟既不敢言，即王之墓址亦不一載；執筆者之獻媚新朝，亦可鄙也！然東寧滅後二百三十七年，而余之《臺灣通史》刊行，尊延平於「本紀」，稱曰「建國」，亦可以慰在天之靈矣。

139 延平葬女

「延平郡王墓誌」既不可見，而鄭氏丘壟之在南者，有「藩府曾、蔡二姬墓」在仁和里、有「皇明聖之、省之二鄭公子墓」亦在仁和里、有「監國世子墓」在鹽埕莊東南，其墓碣皆當時所立。〈海音詩〉注謂：「瑯嶠山麓有『小姐墓』，相傳鄭延平葬女處。」

按鄭氏治臺，政令所及，僅至天興、萬年；瑯嶠爲極南之地，榛莽未辟，何以葬女於是？豈傳聞之誤？他日苟至其地而考之，便知眞贋。

140 鄭氏諸臣

鄭氏時代之墓，今其存者，有「寧靖王墓」在維新里竹滬莊、「五妃墓」在大南門外桂子山、「定國將軍施公墓」在小東門外瑤竹林、「李孝廉茂春墓」在新昌里、「閒散石虎墓」在法華寺旁（近將遺毀，余爲移於夢蝶園內），又有「陳將軍魁奇墓」在小南門內米粉埔（今其後人已遷他處）；而《臺灣府誌》載「沈太僕光文墓」在諸羅縣，不言其處，未知今尚存否？

141 總制陳永華

陳復甫總制，爲臺灣之大政治家；豐功碩德，永留東都。余撰《臺灣通史》之時，曾求其佚事。劉申甫先生謂余：「陳總制之墓在赤山堡六甲莊東北約三里，土名大潭莊，稱爲『本院墓』；以總制曾任學院也。」

余往其地，崇碑屹立，上書「贈資善大夫正治上卿都察院左都御史總制諮議參軍監軍御史謚文正陳公暨配夫人淑貞洪氏墓」；乃知其追贈、賜謚，可補諸書之缺。

越數年，茅港尾黃清淵君寓書，謂：「陳復甫參軍功德在人，千古不泯；而殯宮寂寞，祭掃闃然。聞其墓碣爲寧靖王手書，字極雄勁。再閱數年，定爲牧兒繫牛之石矣。」余則以告陳氏後人，屬爲修理而無有行者。今又十數年矣！保存古蹟、景仰先徽，不獨陳氏子孫之事，亦鄉人士之責也！

142 鄧國公

《彰化縣誌》載：「八卦山，有鄧國公、蔣國公之墓。」

余視其碣，鄧公名顯祖，江西宜黃人，不書官職，永曆三十六年十二月立；蔣公號毅庵，福建龍溪人，爲副總兵，癸亥季春立。癸亥則三十七年，爲東寧滅亡之歲。二公事蹟無考，當爲鄭氏部將，戍守半線①者，故葬於此。而林圮埔亦有參軍林圮墓，則開闢此地而沒於番害者；至今祀之。

【注釋】

① 彰化原稱「半線」，由原住名命名，後漢人取其音翻譯而成。清雍正時期，為了彰顯皇帝的教化，將其地改名為「彰化」。

143 嘉義顏思齊墓

嘉義許紫鏡謂余：「顏思齊之墓在嘉義東南三界埔，俗稱番王墓。」余欲往視，忽忽不果。今紫鏡已逝，未知尚有知之者否？

按史：思齊海澄人，以眾據臺灣，鄭芝龍附之。其後延平肇造東都，則基於此。當是時，何斌亦從思齊於臺。斌之子孫，居於鳳山維新里，所謂「前何」、「後何」

者也；則其墓亦當在此。

144 保存文獻

臺南為延平故都，而海上之奧區❶也；豐碑短碣，頗多佳刻。海桑以來，輒遭廢棄；今其存者，宜為保護，而鄉人士未有念者。二十年前，余擬將臺灣碑記悉為抄錄，擇其佳者影存；資力未充，弗能如願。顧念我臺不少好古之士，又不乏富有之人，而玩弄金石，隨俗浮沉；其所求者，康、乾之瓷器、五彩之花瓶耳。攜之五都，可以貿利。其好名者，則以巨金而購宋、明人書畫珍襲寶藏，誇示儕輩，而桑梓之文獻不關也。

嗚呼！我輩為臺灣人而不知保存臺灣之文獻，其何以對我先民哉！余雖不敏，願任其勞。

【注釋】
①奧區，內地，腹地。

145 北港溪風雲

國姓莊在臺中轄內，有內、外兩莊。內國姓處北港溪畔，距龜仔頭八里；群山環繞，中拓平原。昔爲番社，永曆二十四年冬，沙轆番亂，右武衛劉國軒討之；大肚番恐，竄於埔里社，逐之至北港溪，駐軍於此。

光緒十八年，林朝棟亦駐軍於此；闢草萊、開阡陌，發見一碑，爲國軒所建。文曰：「西望華山貴峻巖，華山何事隔深淵？左倉右庫障屏上，北港南溪滙案前。湖海星辰來拱照，蛟龍關鎖去之玄。三千粉黛同分外，八百煙花列兩邊。可惜生番雄霸據，留將此地待時賢。」此則讚揚山川之偉麗也。朝棟乃改爲時賢莊，墾田百數十甲。戊申冬，余遊其地，佃多粵人，而家祀延平郡王。然未見此碑，聞在叢莽中；異日當再訪之。

146 五妃廟

五妃廟內舊有墓誌一方，嵌於壁上；石大僅尺餘，色黑而澤，刻小楷甚佳。乙未之役，無人管顧，遂被竊。惜從前不抄其文，竟忘其爲何人所撰也。

寧南門外有五妃墓道碑，爲乾隆十一年臺灣道莊年所立，刻巡臺御史六十七、范咸之詩。此碑幸附著城壁，不然，亦馱❶去矣。

【注釋】

① 馱，以畜負載。

147 夢蝶遺蹤

夢蝶園在臺南小南門外，明季龍溪舉人李茂春所建，陳復甫參軍爲之記（《臺灣府誌》載之）。歸清後，改築法華寺。園址猶存而碑已非舊，爲嘉慶五年李之裔孫夢瓊、宗寅所立。其文曰：

「昔莊周爲漆園吏，夢而化爲蝴蝶，栩栩然蝶也。人皆謂莊生善寐，余獨謂不然。夫心閒則意適，達生可以觀化；故處山林而不寂，入朝市而不棼。醒何必不夢，夢何必不蝶哉？吾友正青善寐而喜莊氏書，晚年能自解脫，擇於州治之東，伐茅闢圃，臨流而坐；日與二、三小童植蔬種竹、滋藥弄卉，卜處其中，而求名於余。夫正青，曠者也；其胸懷瀟洒無物者也。無物則無不物，故雖郊邑煙火之所比鄰、遊客樵夫之所闐咽，而翛然自遠；竹籬茅舍若在世外，閒花野草時供枕席，則君眞夢栩栩然蝶矣！不夢，夢也；夢尤夢也。余慕其景而未能自脫，且羨君之先得，因名其室曰『夢蝶處』而爲文記之。」

少時余遊其地，有「夢蝶遺蹤」之匾，爲臺灣兵備道新建夏獻綸所書；今亡，而園亦日廢矣。追思勝流，寧不感嘆！

148 施琅紀功碑

「施琅紀功碑」在澎湖媽宮澳。而臺南天后宮亦有琅自撰碑文，以著平臺之勳。

夫琅爲鄭氏部將，得罪歸清；遂藉滿人，以覆明社，其罪大矣！昔宋張宏範爲元滅宋，刻石崖山，大書「張宏範滅宋於此」。至明陳白沙先生過其地，爲加一字，曰「宋張宏範滅宋於此」。一字之貶，嚴於斧鉞；雖有孝子慈孫，百世不能改也。

149 草嶺「虎字碑」

摩崖之書，臺灣較少。同治六年冬，臺灣鎮總兵劉明鐙北巡噶瑪蘭，途次草嶺，草書「虎」字刻石上。石高約四尺、闊二尺，旁雕蓮花，至今尚存，所謂「虎字碑」者也。越嶺數十步，有巨石，大及丈；鐫「雄鎭蠻煙」四字，以金塗之，旁刻律詩一首。明鐙以武將而書摩崖，亦優於文弱儒生矣。

150 萬年亨衢

光緒紀元，開山事起。總兵吳光亮帥中軍，自林圯埔刊道而入。至八通關，與秀孤巒對峙，氣象雄偉，喬木蔽天；亙古以來，不通人跡，光亮名之。度關而東，爲「雉公關」、爲「先鋒印」、爲「雷風洞」，皆險絕；遂達「璞石閣」，計程二百六十有五里。光亮頗能書，摩崖刻石，以志奇勳；一曰「萬年亨衢」，在鳳凰山，海拔四千五百尺，字大二尺餘。一曰「山通大海」，在陳有蘭溪之左。一曰「過化存神」，在八通南關，咸峻極不可登。

十三年，雲林撫墾局委員陳世烈至其地，亦刻「開闢洪荒」四字以紀開山之伐，石在獅子頭山之麓。而集集東南柴橋頭莊道旁之巨崖，爲兵備道陳鳴志撫墾之跡，銘曰「化及蠻貊」。

151 沈葆楨手書「億載金城」

牡丹之役，沈文肅公視師臺南，奏建安平砲臺，以防海道。既成，文肅手書「億載金城」四字，勒石門上；今廢。光緒十年法人之役，兵備道劉璈駐兵大西門外，距安平二里餘；築壘其間，石刻「永固金城」，字大約二尺，今亦拆毀。

152「文山秀氣」石刻

道光間，重修海東書院。曾於西畔掘地，得石刻「文山秀氣」四片，旁有「晦翁」二字，爲宋朱文公所書。石大各二尺，不知何時流落至此。府學教授楊希閔記之，並立石於書院牆上；今已爲人所竊。

153 除舊布新憾事

赤嵌樓內舊有鐵碑一方，爲荷人所立，大約記載建築之事。光緒間改建海神廟，不知委棄何所。設今而在，必有可觀。曩讀史書，常怪改朝易代之際，輒將從前建築多方破壞；此雖除舊布新之意，而後之來者，寧不恨其不文。

臺灣三百年間，民族盛衰，一起一落：荷蘭、鄭氏之物，清人毀之；清人之物，今又毀之。是豈因果循環之理？不然，何其如出一轍耶！

154 名剎變俗窟

臺灣文學傳自中國，而美術亦受其薰陶。臺南之北極殿、彌陀寺，鄭氏之時之建築也；而天后宮爲寧靖王故宅、海會寺則北園別墅，結構之宏、制度之美，猶見當時氣象。

近來各地寺院重修之際，至有改爲歐式者。夫寺院而用歐式，已爲變態；況不爲歐式而爲覔覔式，更爲醜態。臺南竹溪寺，勝境也；清溪一曲、修竹萬竿，入其中者，翛然無慮。乃爲野僧所處，東塗西抹，失其本眞；而名剎變爲俗窟矣，可痛可恨！

155 板橋別墅

平泉花木、金谷笙歌，繁華靡麗，冠於一時；而事過境遷，鞠爲茂草，唯供後人之憑弔而已。

臺南有「吳園」者，爲荷蘭甲螺何斌之故居；其水可達安平，港道猶存。嘉慶間，富紳吳尚新改建邸宅，旁拓花園，池水假山、迴樓曲榭，高低上下布置得宜，談者以爲臺灣第一。顧吳之子孫日就凌夷，至標賣償債，則今之臺南公館也。繼之者爲新竹之「潛園」、臺北之「板橋別墅」，皆屬中國建築，饒有美術之觀。潛園以築路故，經遭拆毀，唯「爽吟閣」移於公園之內；而板橋別墅亦多傾圮。先人締造艱難，子孫視之若不甚惜，又豈僅一花一石也哉！

156 龍山寺石刻

臺灣官署、廟宇大門之外，輒置石獸，雌雄對立，謂之牴牾，爲抵災禦患之意；而世人呼爲石獅，語其形也。廟之大者，每用盤龍石柱，雕刻精美；大都成於泉人之手，兩柱須費數百金。臺南之天公壇、天后宮皆有此柱，而臺北重修之保安宮、龍山寺尤爲莊麗，則美術之不可湮滅也。龍山寺之石刻尚有佳者，是壁間雕琢之物。

157 饕餮坐鎮官署

官署大門之外，建立照墻；上畫一獸，狀如麒麟，謂之饕餮，戒貪也。饕餮，惡獸名；借喻凶人。《左傳》：「天下之人，以比三凶，謂之饕餮。」注：「貪財爲饕，貪食爲餮。」

158 葉王與「嘉義交趾」

廟宇大門之內兩旁壁上，分塑龍虎，謂之龍虎井，爲神教一種之裝飾。臺南廟宇，如興濟宮、靈佑殿、溫陵祖廟均有此物。兵燹之後，每遭毀壞。今其存者，唯嘉義丹霞宮之龍，爲名匠葉王所造；旁書「道光癸卯葭月吉旦和雲葉王自手喜作斗謝」，是葉王少時之作也。

葉王，嘉義縣治人，生於道光二年；曾從中國陶工學燒瓷之法，渲染五彩，色澤分明，如關壯繆、觀世音、文殊、普賢之像，高僅尺餘，尤爲精美，名曰「嘉義交趾」，以交趾亦有此造像也。壁間龍虎，則仿北京燒製琉璃瓦之法而成之，拏騰飛躍，神采奕然；此其所長也。葉王性敦厚，善雕刻。各地廟宇多請造像，乘輿而往，嘗竭數日夜之力以成一物；否則，雖懸重金而不就也。光緒元年卒，弟子數人雖習其藝而不能精。

159 翩彼飛鴞

祀典之廟與眾不同，有欞星門、有雷鼓、有螭陛；而文廟大成殿之上置有銅鳥，則鴟鴞也。按《詩・魯頌》云：「翩彼飛鴞，集於泮林。食我桑黮，懷我好音。」鄭箋：「鴞，惡鳥也。泮林，泮宮之林也。以喻聖道之大、感化之宏，雖有惡人亦能仰止而遷善也。」

160 大石龜

林爽文之役，大將軍福康安率師克平，詔建生祠。立碑紀事，下承贔屭，俗曰「石龜」。按張衡《西京賦》：「巨靈贔屭」。注：「贔屭，作力之貌。」《類篇》：「贔屭，鰲也。」《本草》：「贔屭，大龜之屬，好負重。」今石碑下龜趺象其形。

161 蚩尤顯威

臺南屋脊之上，或立土偶，騎馬彎弓，狀甚威猛；是爲蚩尤之像，用以壓勝者也。

按《史記正義》引《龍魚河圖》云：「黃帝攝政，有蚩尤兄弟八十一人，獸身人語；造五兵，威震天下，誅殺無遺。黃帝以仁義不能禁止，天遣玄女授帝兵符，伏之。天下復擾亂，帝乃畫蚩尤像，以威天下。咸謂蚩尤不死，八方皆爲殄滅。」是黃帝之所畫者用以壓人，今則用以壓鬼。然非鬼之害尤酷於鬼，安得無數蚩尤而盡伏之哉！

162 石敢當何許人

隘巷之口，有石旁立，上刻「石敢當」三字；亦用以壓勝者。

按陳繼儒《群粹錄》云：「五代劉知遠有勇士日『石敢當』」。故談者以爲五代時人。然其用以刻石，則早於五代。

宋王象之《輿地碑日記》：「興化軍有石敢當」。注：「慶曆中，張緯宰莆田，再新縣治，得一石，銘曰：『石敢當，鎮百鬼，壓災殃；官吏福，百姓康，風教盛，禮樂張。唐大曆五年，縣令鄭押字記。』」

據此，則「石敢當」之刻石，始於唐代；故顏師古注《急就章》云：「石氏敢當，所向無敵。」是則古之勇士，而爲秦、漢時人。臺與漳、泉同俗，漳、泉又近興化，故刻石見於閩南。而臺有書「泰山石敢當」者，或以泰山爲其里居；蓋以《三國志》管輅「有泰山治鬼」之言，因而附會耳。

163 荷蘭人入北港

朱景英《海東札記》謂：「臺地多用宋錢，如太平、元祐、天興、至道等年號。錢質小薄，千文貫之，長不盈尺。相傳初闢時，土中掘出古錢千百貫，或云來自粵東海船。余往北路，家僮於笨港海泥中，得古錢數百；肉好深翠，古色奇玩。乃知從前互市，未必不取道此間，畢竟邈與世絕矣。」

按：笨港則北港，在今嘉義西北，宋代互市則至於此。《讀史方輿紀略》曰：「澎湖爲漳、泉門戶，而北港則澎湖之唇齒；失北港則唇亡齒寒，不特澎湖可慮，則漳、泉亦可憂。北港在澎湖東南，亦謂之臺灣。」《臺灣縣志》曰：「荷蘭入北港，築城以居，因稱臺灣。」

是明人固以北港爲臺灣矣。

北港一名魍港，《福建通誌》謂：「萬曆三年冬，廣東海寇林鳳犯福建，總兵胡守仁擊走之。時寇盜略盡，惟鳳遁錢澳求撫，廣督雲翼不許；遂自澎湖奔東番魍港，爲守仁所敗。追至淡水洋，沉其舟；鳳復入潮州。」是北港則前之臺灣。惜朱氏所言古錢不載年號，漢歟、唐歟，將近代歟？其詳不得而知也。

164 赤嵌城瓷甕

安平赤嵌城，爲荷人所築；歲久荒廢。數十年來，里人掘地，輒得瓷甕，色微白，高不及尺，上奢而下狹，俗稱宋硐；或言荷人貯藏火藥之器。

165 薙髮、長衫與馬褂

東都肇造之時，中土士大夫奉冠裳而渡鹿耳者蓋七百餘人。及明亡後，始用清制。

清之章服，紅纓、馬蹄、朝珠、補褂，狀頗詭異。薙髮之令，不從而死者數十萬人，所謂「頭可斷而志不可奪」也。朱一貴、林爽文等之起事，皆以光復爲號召；漢官威儀，一時重見。今清社已屋，而長衫、馬褂尚流行於漢族之間，且遠被外國；固知衣服之適宜，不以華夷而判也。

166 男降，女不降

故老有言：清人入關時，明之遺臣與約三事：則生降死不降、男降女不降、官降吏不降也。臺爲延平肇造，又多忠義之後，故抱左衽之痛。

我家居此二百數十年矣，自我始祖興位公以至我祖、我父，皆遺命以明服殮。堂中畫像，方巾寬衣，威儀穆棣；故國之思，悠然遠矣。

167 冠笄之禮

臺灣無冠、笄之禮，男女成婚日始並行之。先期擇良辰，備白布一疋，延福命婦人爲之裁製，名曰「上頭衫褲」。成婚後，襲而藏之，爲將來收殮之用，所謂有始有終也。男子成婚，皆用清代章服；女子則鳳冠、蟒襖、紅裙、繡靴，儼然明代官裝：則「男降女不降」也。

今禮制已亡，各服其服，有新式者、有舊式者、有折衷者，眞是無色不有。

第八章

物產臺灣

李國初版畫：做年糕（馬祖所見）

168 大甲席

《隋書．流求傳》：「大業元年，煬帝命羽騎尉朱寬入海訪異俗，因至流求。言語不通，掠一人而反。明年，復命寬慰撫之，不從；寬取其甲布而還。時倭國使來朝；見之曰：『此夷耶久國人所用』。」

按流求則今之臺灣，夷耶久在西表島近附。甲布為土番之樹皮布，質柔而韌，能斂汗；宦遊之士多用為袒衣，與大甲席同馳名。大甲席者，大甲番婦之所織也；地多藺草，採而編成，摺之不襞、舒之則平。臺灣婦女從之織，其用遂廣，每床值數金或數十金。

169 織造高手

臺灣無蠶桑之利，綢、緞、綾、羅之類皆來自江、浙。咸、同間，臺南上橫街有蔡某者設「雲錦號」，始有機織；所出之貨，不遜中土。蓋其撚絲染色，花樣翻新，別出心裁，非他人所得而比也。聞蔡浙江人，為江寧織造局名手；洪、楊之役，避亂來臺，故馳名京邑。

光緒大婚，內廷曾命臺灣布政使採辦黃錦。時蔡已死，其家人猶能織造；今已亡矣。

170 含蕊傘

舊時婦女出門，無論晴雨，必持一傘自遮，曰「含蕊傘」；猶漳州「文公兜」之遺意也。今時式女子亦多持傘而意不同，一以守禮、一以助嬌，是亦風俗之遷移也。

171 千年花樟

唐張鷟《朝野僉載》：「隋帝令朱寬征留仇國還，得金荊癭[1]數十片，木色如眞金，密緻而文采盤錯有如美錦，甚香，極細；可以為枕及案面，雖沉、檀不可及。」

按此即花樟。臺灣產樟多，有歷千數百年者，根幹生癭，鋸而為片，自成文理；

且有山水、花木、鳥獸之形，色黃而澤，性極香：製器熬腦，爲用甚廣。隋人不察，誤爲金荊，亦足見其寶貴也。

【注釋】

①癭，樹木外部隆起如瘤狀之處，稱為癭。

172 七巧桌

臺灣之山多佳木，而山杉、梢楠、茄苳、石柳尤良。取以製器，質堅色美，固他處所無也。臺灣富家之廳事，素喜裝飾，几案、椅棹之屬，多以山杉、梢楠造之；或以茄苳嵌石柳花卉、人物，極其精細。臺南有所謂七巧棹者，高低寬斜，上下不一，合之成方，用以陳設古玩；每副値數百金。

173 檳榔扇

麻豆、蕭壠各社多植檳榔，籜可爲扇，勝於蒲葵。或取其細膩者，以線香炷之，山水、人物濃淡得宜，所謂火畫者也；乃得接以角柄、緗以美錦，每把售錢數百或一、二金。西洋人見而悅之，購以饋贈。今市上雖有檳榔扇而無火畫，遂使一種美術亦與輿圖俱失，惜哉！

174 鴉片煙斗

葉王之時，彰化有工靈者，亦善燒瓷，爲兒童玩具；唯鴉片煙斗極精美，每具値數金，嗜煙者莫不珍之。煙斗之上，繪以泥金山水、花卉，筆細而工，歷久不褪；至今猶有藏者。乃知一藝之微，亦足傳世，固不須讀書萬卷而後成名也。

175 澎湖「糊塗粥」

臺灣爲產米之地，一日三餐，大都一粥二飯。瀕海貧瘠之區，多食番薯；而澎湖島中且食乾薯簽，以其不堪播穀也。《澎湖紀略》謂澎人以紅薯合米煮粥，謂之「桃花粥」；而《海音詩》注亦謂澎人以海藻、魚蝦雜薯米爲糜，曰「糊塗粥」：亦可見粒食之維艱矣。膏粱子弟不知稼穡，一食萬錢猶嫌未飽；若律以「不勞者不得其食」，則此輩當餓死矣。

176 臺灣蕃薯

番薯一名地瓜，產自呂宋；明萬曆間，始傳漳州，由漳入臺。荒坡瘠壤，均可種植，為利甚溥。

臺之番薯，以林圮埔為最佳，大如鵝卵，色丹味腴；次則桃園之檜溪❶，亦肥美。臺南有所謂斗六種者，大約林圮埔傳來；余嗜食之，每飯不忘。薯之滋養當不遜於稻麥，而齊民受惠，誠可謂饋貧之糧也。

【注釋】

①檜溪，臺灣稻米主要產地南崁溪的支流。

177 米龜、麵龜

年節祭祀之時，每製紅龜，以饋戚友；臺語呼「龜」如「居」，謂可居財也。

紅龜有二：曰「米龜」，雕木爲龜形，以糯米之粿印之，裹糖及豆沙、麻仁之類；曰「麵龜」，以麥粉作之，其餡同；祝壽用紅桃、喪用饅頭，吉凶之禮固有異也。

178「半年圓」

新正之「年糕」、上元之「元宵」、清明之「薄餅」、端午之「肉粽」、七夕之「糖粿」、中秋之「月餅」、重陽之「麻粢」、冬至之「菜包」，皆年節供祭之物也。

而六月十五各家屑米爲丸，煮湯食之，謂之「半年圓」；「圓」、「丸」音同，以取團圓之意。按宋周必大《太平園續稿》：「元宵煮浮圓子；前輩似未曾賦此，坐間成四韻。後人因元宵煮圓子，因呼圓子爲『元宵』。」

179 太陽誕辰

三月十九日，相傳太陽誕辰；實則明思宗殉國之日也。聞之故老，謂明亡之後，遺民不忍死其君，又慮清人猜忌，乃藉言太陽。太陽，日也；日，君象也。故曰「太陽一出滿天紅」，以寓復明之志。是日以麵製九豬、十六羊，供為犧牲；則少牢之禮也。今中華再建，日月重光，亦可以慰「景山之靈」矣。

180 盤遊飯

臺俗生子，三朝或滿月，以糯米蒸飯，拌以麻油、豚肉、蝦米、蔥珠，謂之「油飰」；則東坡《仇池筆記》所謂「盤遊飯」者也。

按《北戶錄》云：「嶺俗，家富者婦產三日或足月洗兒，作團油飯，以煎魚蝦、雞鵝、豬羊、灌腸、蕉子、薑桂、鹽豉為之。」東坡所記「盤遊飯」二字語相近，必傳者之誤。

臺灣爲閩、粵人聚居之地，故沿其俗；不論貧富，必以此分饋戚友。

181 烹魚術

「泔轉」爲烹魚之辭，臺南婦女皆知之。《集韻》：「『泔』音『甘』」；臺呼「庵」。《荀子‧大略》：「曾子食魚有餘，曰泔之。」楊倞注：「泔者，烹和之名。」

臺南泔魚之法，先以豬油入鼎，次以蔥珠熘焦；乃下魚，以醬油而煮之，味甚美。余曾以此辭詢之臺中、北人士，無有知者。不圖二千年前之語，且爲魯人烹和之名，尙存於臺南一隅，寧不可貴！

182 蓬萊醬

《臺海采風圖》謂：「番樣，皮綠肉黃、氣辛味甘，入肝補脾；切片醃久更美，名曰蓬萊醬。」「蓬萊醬」三字甚雅。臺南人以醃樣煮魚，風味極佳，湯可醒酒。蓋臺南烹調之法，多就地取材；故《赤嵌筆談》謂：「臺人以婆羅蜜煨肉、黃梨煮肺，亦海外奇製。」

183 芒果配破布子

黃樣盛出時，食之過多，則胃起痙攣之症，所謂「樣子痧」也；食破布子則愈。破布子者，樹子也；葉如榆而大，子細若鈕，色黃多漿。與黃樣同熟，互相調劑，誠造物者之巧也。鄉人採其子入鍋，下鹽煮之，粘合如膠；可佐飯。又與豆腐合烹，濃淡得中，味尤甘美。臺南人雖多食黃樣而無發病者，則破布子之功也。

184 菊花魚

「菊花魚」爲臺南佳饌，其製法與廣東之魚鍋略相似。唯以都督魚切成薄片，湯沸時與菊花同下；夾而食之，清芬甘脆。「菊花魚」之名頗雋永，視之「蓴羹」、

「鱸膾」，風評當不遜矣。

185 福州佛跳牆

「跳牆佛」，佳饌也；名甚奇，味甚美。

福州某寺有僧不守戒，以豬肉、蔬筍和醬、酒、糖、醋納甕中，封其蓋，文火薰之，數時可熟。一日爲人所見，僧惶恐，跳牆而逃；因名之曰「跳牆佛」。臺灣亦有此饌，稻江楊仲佐氏尤善調飪。

186 半天筍

臺南肴饌之奇者，尚有「半天筍」。「半天筍」者，檳榔也。榦高二、三丈，葉如鳳尾，搖曳空中；遭風摧折，取其葉心，切片炒肉，較之春筍，味尤甘脆。

臺南檳榔雖夥而多不忍食；植之數年，樹始及丈，開花結子，歲收其利。故非樹倒難扶，未易嘗此奇味也。

187 玉版蕈

余家馬兵營，有宅十畝，環以美箭。夏、秋間，聞雷鳴，則竹下有蕈挺生，長約二、三寸。凌晨採之，冠初放，□其上皮，色潔白；和肉調羹，風味絕美，俗稱竹菇。余名之曰「玉版蕈」。顧蕈類多毒，採之必須辨別；有光者勿取、過午勿取。若誤食之，作嘔吐狀；急飲地漿則愈。

188 臺南擔仔麵

臺南點心之多，屈指難數；市上有所謂「擔麵」者，全臺人士靡之知之。麵與平常同，食時以熱湯芼之，下置鮮蔬，和以肉俎、蝦汁，糝以烏醋、胡椒，熱氣上騰，香聞鼻觀。初更後，始挑擔出賣；宿於街頭，各有定處，呼之不去，恐失信於顧客也。

189 摃舍龜

餅餌之屬，有麥、有稻、有菽、有麻，五花十色，無美不備。

臺南有「摃舍龜」者，以糯米為皮、豆沙為餡。相傳富人「吳摃舍」嗜此，鄰人得其法，因以為名；猶酒館之有「伊府麵」也。

190 食蛇配虎血

里諺有言：「食蛇配虎血」。此言凶人之敢為惡事也。

食蛇之風，廣州頗盛，且為珍饌；臺之客人亦有食者。以蛇與貓合煮，謂之龍虎鬥；與雞合煮，謂之龍鳳會：誠食譜中之奇名也。虎肉不易得，其味如何，知者少。

方正學先生《遜志齋集》有〈食羊虎肉〉詩，亦快舉也，為錄於下：「白額咆哮振山谷，老羝見之驚且伏；一朝強弱兩不存，此肉都歸野人腹。腹中惟恐相啖吞，急呼美酒為解紛；酒酣一醉更懷古，千歲英雄羝與虎。」

嗚呼！虎，猛獸也，皆欲得羊而食，抑知更有猛者而食其肉！然則人與人之相食又如何？

191 土猴的滋味

昆蟲之屬，大都可食。蔗龜、蜂芽、蠶蛹、土猴，余嘗食之。秋時雨後，土猴頗肥；棄頭及臟，以蒜瓣與鹽納入，用油炸之，比蔗龜尤美。臺無蔗龜，舊時自同安配來為下酒物，今已不見。

192 荷蘭「甲萬」

荷蘭據臺三十八年，教化土番，從事貿易，其語言當有傳者；而今已不可考。唯「甲萬」一語，尚存我輩口中，且有其物。甲萬形如櫃而小，有木製、鐵製二種；極堅牢，為收藏珍寶、契卷之用。此語傳自歐州，閱今幾三百年，復由日本而入臺灣。

193 荷蘭一甲地

臺灣量地之名曰「甲」，荷蘭語也。鄭氏因之、清代沿之，至今未替。凡方一丈二尺五寸為一戈，二十五戈為一甲；約當中國十一畝三分一釐零，而得日本二千九百三十四坪零。

194 臺中「土牛」

清代得臺後，慮民之勾番作亂也，沿山一帶，禁出入；築土如牛，為界限。或砌以磚，長數丈，謂之紅線。其後乃設隘戍勇，保衛耕農，內山之利拓矣。今界址雖湮，而臺中之地尚有名「土牛」者，則其跡也。

195 「蟒甲」與「艋舺」

「蟒甲」則獨木舟，番語也。臺北之「艋舺」，其語源實出於此。乾隆間，大佳臘漸次開拓，華人設肆河畔；攝接番每駕獨木舟至此交易，因呼其地爲「蟒甲」。後書「艋舺」，尚文也；「艋舺書院」稱曰「文甲」。

196 落「雨毛」

東坡詩：「毛空暗春澤，鍼水聞好語。」自注：「蜀人以細雨爲雨毛」；而臺人亦謂細雨爲「雨毛」。余意「毛」字當爲「雺」之轉音。《爾雅》：「天氣下地不應曰雺」。《詩．東山》：「零雨其蒙」。蒙，即「雺」也，呼之較重則爲「夢」。李商隱詩：「一春夢雨常飄瓦」。夢雨，即雨毛也。

197 江南「埤圳」

引水溉田謂之「圳」，亦曰「埤圳」。臺人呼「圳」爲「浚」、以「埤」爲「陂」，實有誤。按《字彙補》：「『圳』音『酬』，江、楚間田畔水溝謂之『圳』。」《說文》：「埤，增也。」牆高曰「垣」、低曰「埤」；非蓄水之義。

198 大吉祥右旋螺

福康安之平林爽文也，詔頒內府「大吉祥右旋螺」，以利航海；事後，命存福建藩庫；凡封中山及將軍、總督渡臺，佩以行。聞此螺爲康熙時西藏班禪喇嘛晉獻，《聖武記》及《庸龕隨筆》均載之。辛亥革命之役，藩庫被掠，不知尙存也歟？

199 火炬「打馬」

火炬曰「打馬」，廈門縛篾爲之；而臺灣撚紙成條、織之如鞭，中夾一竹，長二、三尺，灌以油。未用時，可以鞭馬，故謂之「打馬」。

200 虎齒戴勝

婦人粧插之物，若花若蝶，以銀絲承之，宛轉如螺旋，稍動則顫，謂之「勝股」。《山海經》：「西王母，虎齒戴勝。」則此物也。

201 臺灣烏薰

「淡巴菰❶」為印第安人之語；哥倫布發見美洲，始傳歐土。而臺灣土番謂之「篤馬個❷」，則由荷人傳入。臺人謂煙草曰「薰」。《說文》：「薰，香草也；從熏。」謂氣能熏人也。又稱鴉片曰「烏薰」。《明史・暹羅傳》：「貢烏香」，烏香即鴉片。是臺人之稱烏薰，或由暹羅語而變之歟？

【注釋】

① 淡巴菰，指煙草。外來語，是tobacco的譯音。

① 篤馬個，亦為tobacco的譯音。

202 番仔貨

海通以來，外貨輸入，每冠以「番仔」二字，如「番仔衫」、「番仔餅」、「番仔火」之屬；所以別內外也。而臺中且呼肥皂爲「番仔茶粳」；唯臺南稱曰「雪文」，譯其音且譯其義。雪，洒也；《莊子》：「澡雪而精神」。文，文理也，又爲文彩。是一譯名，音義俱備，可謂達而雅矣。

第九章

草木蟲魚

李國初版畫：整容

203 藍茇與檨仔

蓟葡、苜蓿之名，譯自西域，傳於《漢書》。而臺灣之「檨」字，番語也，不見《字典》；故《舊誌》亦作番蒜，終不如「檨」字之佳。檨爲珍果，樹高二、三丈；當從木，如柑、桔、桃、李之類，望文知義。若夫林投之樹、藍茇之果，亦番語也；故名從主人。

204 天竺佳果

臺南地居熱帶，佳果繁多；而南無、菩提、釋迦、波羅密，皆名出《佛典》。是數物者，傳自天竺；語從梵書，固其宜也。

205 西域貝多羅花

貝多羅、優鉢曇，爲天竺名花。臺南多有，前人亦有詠者。

《臺海采風圖》曰：「貝多羅花，木本。種自西域，葉似枇杷，梵僧用以寫經。枝皆三叉，花瓣六出，香似梔子。臺人但稱爲番花，不知爲貝多羅也。范浣浦侍御有詩云：『已兼蝶粉與蜂黃，更裹依微紫絳囊。葉似款冬稜較健，花開盛夏氣微香。一叢蓓蕾盈枝發，半卷婀娜小瓣長。可是貝多眞色相，閒書梵字午風涼！』」

又曰：「曇花，則優鉢曇，草本。種出西域。有紫、白二種。青葉叢生，或一年數花、或數年不花。懸莖包裹，狀若荷蕊，中攢十八朵；每一日開一朵。梵剎多植之，取十八羅漢之義也。范浣浦侍御有詩云：『一莖數蕊盡叢生，粉暈檀心畫不成。靜態雪花堪比潔，幽香蓮葉與同情。已捐穠豔消塵卻，應散諸香入梵聲。傳是西方來小種，淨因我亦未忘情。』」

206 流求鬥鏤樹

《隋書．流求傳》：「流求多鬥鏤樹，似橘而葉密，條纖如髮之下垂。」按流求即今臺灣。鬥鏤樹爲熔樹，臺地多有；今其存者，猶有數百年前物。

207 酒樹

《洛陽伽藍記》謂：「昭儀寺有酒樹麵木」。按：酒樹即椰樹，漿可爲酒，亦可生飲；而麵木即桄榔，以其皮中有屑如麵，可造餅食。唐段公路《北戶錄》謂：「桄榔心爲炙，滋腴極美。」桄榔，臺南多有，未有食者；唯椰酒則嘗飲耳。

208 鳳山三保薑

《香祖筆記》謂：「鳳山縣有三保薑，相傳明初三保太監所植，可療百病。」《臺灣志略》亦曰：「明太監王三保植薑岡山上，至今尚有產者；有意求覓，終不可得。樵夫偶見，結草爲記；次日尋之，弗獲。故得者可治百病。」又曰：「太監王三保舟至臺，投藥水中，令土番染病者於水中洗浴則愈。」

按明初中官入臺，諸書所載，或爲鄭和、或爲王三保，皆永樂時奉使西洋者。岡山在鳳山縣轄，距郡東三十里；是其來臺且至內地，非僅「取水赤嵌」也。

209 水薑

晚春之時，薑始發芽，幼嫩可食；臺人謂之「水薑」。及讀司馬相如〈子虛賦〉，有「茈薑蘘荷」之句。《索隱》引張楫云：「茈薑，子薑也。」茈音紫，乃知「水」字之誤。

210 臺北「蟬薄」

臺北產茶夥，近村農家多植山梔，爲薰茶之用，稱曰「蟬薄」。余以爲花瓣之薄如蟬耳；既而思之，謚爲「薝蔔」之誤。《群芳譜》：「薝蔔，花名；色白香濃。陸龜蒙詩：『薝蔔冠諸香』。陶貞白云：『梔子剪花六出、刻房七道，其花香甚；相傳即西域之瞻蔔花。』則知其可薰茶矣。」又臺北花戶稱素馨爲「四英」，茶商亦然。臺灣花卉多用古名，其標異者則中土所無也。村夫俗儒不知其字，簡筆誤書，猶曰「不識」；而所謂縉紳者，亦從而效之，可嘆！

211 臺南皇帝豆

臺南有「皇帝豆」，謂嗣王經（鄭經）嗜此，因以為名。按鄭氏居臺，保持正朔，未嘗帝制自為；或因肇造東都，便宜封拜，為其代行天子之事而附會歟？或曰：豆本名「黃筴」，呼音訛為「皇帝」；猶「承天府」之為「神仙府」也。豆筴長三、四寸，仁徧而大，皮有紅紋；作饌極美。冬、春盛出，他處未見。

212 火秧作籬

「火秧」，即「金剛纂」。叢生成樹，三稜有刺，花小而黃，高及丈。植為籬落，牛羊不敢越；臺人名曰「火巷」，謂可制火（「巷」、「秧」音近）。朱竹垞《靜志居詩話》引廣州諺云：「爾有垣牆，我有火秧。」注：「廣人以作籬落」；是與臺灣同矣。

213 嘉義愛玉凍

「愛玉凍」，爲臺南特產。夏時用之，可抵飲冰；而府、縣各誌尚未收入。聞諸故老謂：道光初，有同安人某居府治媽祖樓街，每往來嘉義，辨土宜。一日過後大埔，天熱渴甚，赴溪飲；見水面成凍，掬而啜之，冷沁心脾。自念此間暑，何得有冰？細視水上，樹子錯落，揉之有漿；以爲此物化之也。拾而歸家，子細如黍，以水絞之，頃刻成凍，和糖可食；或和孩兒茶少許，則色如瑪瑙。某有女曰愛玉，年十五；長日無事，出凍以賣，人遂呼爲「愛玉凍」。

余曾以此題徵詠，作者頗多，而林南強兩首均佳；今錄其一，以補志乘之不及。詩曰：

「驅車六月羅山曲，一飲瓊漿濯炎酷；食瓜徵事問當年，物以人傳名『愛玉』。愛玉盈盈信可人，終朝釆綠不嫌貧；事姑未試羹湯手，奉母居然菽水身。無端拾得仙方巧，擬煉金膏滌煩惱；辛勤玉杵搗玄霜，未免青裙踏芳草。青裙玉杵不辭難，酒榭茶棚宛轉傳；先挹秀膚姑射雪，更分涼味月宮寒。月宮偶許遊人至，皓腕親擎水晶器；

初疑換得冰雪腸，不食人間煙火氣。寒暑新陳近百秋，冰旗滿目掛林楸；誰將天女清涼散，一化吳娘琥珀甌！」

214 筆筒木

筆筒木，即婆羅樹。《臺海使槎錄》謂：「婆羅樹中空，四圍摺疊成圓形，花紋糾結盤屈如古木狀。用貯管城，固其材也。」

215 綠珊瑚

綠珊瑚，一名綠玉樹。杈枒多枝，葉小無花；植之海澨，尤易暢茂。張鷺洲詩云：「一種可憐籬落下，家家齊插綠珊瑚。」誠足以表臺南之美化。三十年來，翦伐殆盡，且將無有知者；是綠珊瑚之名，亦僅存於詩中而已。

216 七絃竹

臺灣竹類甚多，有綠竹、黃竹、白竹、墨竹、刺竹、箣竹等凡十數種。而臺南海會寺有七絃竹，高不及丈；每節有銀紋七條，美而秀。寺爲鄭氏之北園別墅，聞董夫人自湖南黃岡移植。閱今二百七十年，新篁舊箣相繼而生，亦可寶也。

217 臺南貢瓜

麻豆之柚、西螺之柑，產自海隅，馳名京邑。而臺南之西瓜，舊亦供貢內廷，以其非時之物也。

《臺灣志略》曰：「臺、鳳兩邑每年分貢西瓜。八月下種，十一月成熟。氣候之異，眞不可以常理測也。」孫武水〈赤嵌竹枝詞〉云：「除卻風風雨雨天，分裝急喚渡頭船；深秋播種清冬熟，揀得西瓜貢十員。」

臺南貢瓜之田在小東門外附近，今已荒廢；現以苗栗白沙坑所產者爲最。

218 臺灣特有花卉

《臺灣府誌》所載花卉之名，多與中土相同；其標異者，若三友花、七里香、午時梅、倒垂蓮、金絲蝴蝶等。或爲中土所無、或爲臺灣特有，故宦遊之士多喜詠之；其詩俱在《府誌》，茲不錄。

219 奇果鳳凰卵

惠安莊怡華氏久寓臺北，亦曾來南；酒後茶餘，聞余說臺灣故事，因作《東寧雜詠》。其一聯云：「奇果鳳凰卵，名花蝴蝶蘭。」可爲臺南增色矣。

「鳳凰卵」即「冰硼」，或云即《漢書》之「賓婆」。武帝初開西域，移植上林。而臺灣當自東印度傳入；然府、縣舊誌皆不載，唯光緒初王補帆中丞之《臺灣雜詠》始稱引之。樹高二、三丈，葉大於掌，蔭極廣。春時開小黃花，纍纍成穗；秋初果熟，自剖其房，外青而內紅，鮮艷可愛。子大如栗，煏火可食；或以冰糖煮之，味尤甘美。

220 南荒第一花

蝴蝶蘭，爲臺灣珍卉。產恆春山中，寄生古木，不染微塵。葉長而厚；花純白若蝴蝶，一莖十數蕊。臨風搖曳，姿態嫣然；宛如絕代佳人，遺世獨立，可遠觀而不可褻玩者矣。

曩年江陰畫家王亞南載筆來南，曾寫數幅攜歸江左，並屬南人士題詠。作者頗多，而洪鐵濤一首尤佳。詩曰：「雕瓊刻翠兩無瑕，化作南荒第一花。豔絕雙飛復雙宿，翩然宜整更宜斜。春心冷盡偎枯木，秋夢醒時失故家！我獨憐君攜綵筆，斷腸草草到天涯。」

221 麻薩末

「麻薩末」，番語也；一名「國姓魚」。相傳鄭延平入臺後，嗜此魚，因以爲名。

魚長可及尺，鱗細味腴；夏、秋盛出。臺南沿海多育之，歲値數百萬金；亦府海中之巨利也。

曩者岱江〈吟社〉楊笑儂曾以此徵詠，屬余評點；得詩數十首，能爲「騎鯨丈人」留傳佳話，是又婆娑洋上之史實也。

222 新店溪香魚

臺北之鱗魚，亦名「國姓魚」；《淡水廳誌》謂鄭氏至臺始有。鱗產溪澗中，大嵙崁❶、三角湧❷及新店溪俱出。月長一寸，至八、九月而肥；臺北以爲上珍，亦曰香魚。顧未有詠之者，余有詩云：「春水初添新店溪，溪流渟蓄綠玻瓈；香魚上釣剛三寸，斗酒雙柑去聽鸝。」即〈稻江冶春詞〉之一也。

【注釋】

①大嵙崁，大溪之古稱。大溪最早稱「大姑陷」，是凱達格蘭平埔族的聚落。清朝同治年間改稱大科崁；劉銘傳治台，改為大嵙崁；日本據臺，易名大溪。

②三角湧，三峽之古稱。因位於大漢溪、三峽溪、橫溪交滙處，故稱三角湧。今三

峽老街民權街，舊名即為「三角湧街」。

223 都督魚最美

國姓魚之外有「都督魚」，爲臺海中鱗類之最美者。魚似馬鮫而大，重一、二十斤；銀紋雪膚，肉腴無刺。隨冬而來，與春偕逝。相傳延平伐臺時泊舟港外，某都督獲此以晉，因名「都督魚」。或作鮀魟。

224 請領「烏魚旗」

塞鴻秋至、海燕春歸，禽鳥之微，能知節侯。臺南之烏魚，以冬至前十日而來、後十日而逝，名曰「信魚」；謂其信也。

烏魚即《本草》之鯔，有江、海二種。每來時，逐隊游泳，多至不可計數。舊時，漁者先期領旗納稅，謂之「烏魚旗」。烏魚之肉腥而澀；唯卵極肥美，漬鹽暴乾，可久藏。食時以火烤之，切爲薄片，味香而腴；庖羞中之上品也。

225 蠅䖸放生

蠅䖸❶產海中，似鱉而大，重者二、三百斤。漁人得之，舁入市，好事者購而放之。或曰蠅䖸即黿，味極美。曩年喜樹莊人捕一頭，解而食之。未幾大火，閤村俱燼；以爲不祥，相戒勿食。

【注釋】

①左思〈吳都賦〉曰：「蠅䖸鯖鰐」。唐劉良注：「蠅䖸，龜屬也，其形如笠，四足。其甲有黑珠，文采如玳瑁，可以飾物。肉如龜肉，肥美可食。」

226 鰈魚

鱗類之最美者莫如鰈，五色俱備；游泳水中，其狀如蝶。生於琉球嶼之巖石間，捕之甚難。離水則死，故不易睹。

按《爾雅》：「東方有比目之魚，其名爲鰈。」《爾雅》之鰈，狀如牛脾，細鱗紫色；一面兩目，相合乃行；江淮人謂之拖沙魚，臺人呼爲貼沙，則與此魚不同。此魚宛然若蝶，故亦謂之「鰈」耳。

227 食蛇龜

岡山「超峰寺」僧曾獲食蛇龜一頭，畜之寺中。龜形如木屐，行時有聲，俗稱「木屐龜」。胸劃爲二，能開合；蛇經其旁，則□之至斃而食之。惠子謂龜長於蛇；若此，則龜猛於蛇矣，奇哉！

228 紅頭嶼椰蟹

紅頭嶼，在恆春海中，岸旁多椰。有蟹大徑尺，螯巨而猛，能登樹夾破椰子而食之；名曰椰蟹。

229 臺灣珍獸

梅花鹿、艾葉豹，皆以紋名，臺灣之珍獸也。梅花鹿產山中，亦有畜者；小琉球人牧之尤多。其大而無紋者曰麞。艾葉豹似虎而小，一名石虎，性猛，能殺人。

230 長尾三娘

長尾三娘，鳥也。朱喙翠翼，羽毫甚美，彩耀相間；尾長盈尺。生深山中。或云即練雀。巡臺御史六十七有詩詠之曰：「翠羽光華綬帶長，如雲委地美人粧；命名當日非無意，謂勝黃家第四娘。」

231 新婦啼

「新婦啼」，魚名；稱謂甚奇。狀本鮮肥，熟則拳縮；蓋取「新婦未諳，恐被姑責」

也。孫湘南詩云：「泔魚未學易牙方，軟玉銷爲水碧漿；廚下卻憐三日婦，羹湯難與小姑嘗。」

232 海上奇遇

《續太平廣記》載：「明萬曆間，有封舟赴中山國，途次澎湖，見一巨蝶，翅長丈餘，掠舟而過。」又言「海中見一山，徐徐行，數時乃滅；視之，始知爲大魚」。嗚呼！天地之大，何奇不有；吾以耳目之所見者爲是而不見者爲非，亦陋矣。

233 有魚如鱷

《臺灣府誌》載：「康熙二十二年夏五月，澎湖有魚如鱷，長丈餘，四足，身上鱗甲火炎；從海登陸。眾見而異之，以冥鈔、金鼓送之下水。越三日，仍乘夜登山死。」而《臺灣志略》以延平爲東海鯨魚，到處水漲，歸東則逝，遂以此爲鄭氏滅亡之兆；何其謬耶！

234 鉤蛇歌

《赤嵌集》有「鉤蛇歌」；謂北路有巨蛇名鉤蛇，能以尾取鹿吞之，因為作歌。歌曰：「一島三千麋鹿場，甡甡出谷如牛羊。臺山不生白額虎，族類無憂爪牙傷。野有修蛇大如斗，颼颼草木腥風走。氣騰火燄噴黃雲，八尺斑龍入巨口；九岐璚角橫其喉，昂霄下咽膏涎流。獰番駭獸不相賊，奔竄林莽爭逃鉤。我聞巴蛇吞象不須齩❶，三歲化骨何陰狡！爾鹿、爾鹿甚微細，此蛇得之應未飽。」

【注釋】

① 齩，以口嚼物。晉張景陽〈七命〉云：「口齩霜刃，足撥飛鋒。」

235 枯葉蝶

唐段公路《北戶錄》載「蝴蝶枝」一則謂：「南行歷縣藤峽，維舟飲水。睹巖側有木五綵，命僕求之。獲一枝，尚綴軟蝶二十餘，有翠紺縷者、金眼者、丁香眼者、紫斑眼者、黑花者、黃白者、緋脈者。因登岸視，乃知木葉化焉。是知蝶生江南，柑橘樹蠹變爲蝴蝶、烏足之葉爲蝴蝶，皆造化始然，非虛語也。」

按此疑即木葉蝶，生於南美洲。臺灣埔里社亦有，狀如枯葉，宿樹上，人莫能辨；唯未見有綵色者。

236 馬頭娘

臺人呼蠶曰「娘」，謂蠶「幾尾」曰「幾身」，敬之也。

按唐孫顧《神女傳》謂：「高辛時，蜀有女子，父爲人掠，唯所乘馬在。母誓曰：『有得父還者以女嫁之』。馬聞言，振迅而去。數日，父乘馬歸。自此，馬悲鳴不肯飮齕；父問其故，射殺之，暴皮於庭。女過其側，皮蹶然起，卷女去。旬日，得皮於桑上，女化爲蠶，食葉吐絲。每歲祈蠶者四方雲集；宮觀塑女像，披馬皮謂之馬頭娘。」

此雖一種神話，而臺語之出處則據於此。

第十章

風俗民情

李國初版畫：小時候

237 元宵弄龍

元宵，有弄龍之戲。好事者以篾片縛龍，張以羅，繪鱗染色；長者九節或七節，節下有桿，中然炬。人持桿而弄，高下蜿蜒，火光掩映；和以鼓吹，狀極曼衍。有時廣場之上兩龍競舞，各展身手，尤爲熱鬧。又有弄獅之戲，習技擊者爲之；鄉村頗盛。

238 臺南賽花

臺南舊有賽花之舉。每歲元宵，各以所養水仙陳於「三山國王廟」，互誇奇麗。水仙產漳州，冬時配至。以刀劃其半面，栽以清皿，薦以寒泉；花之向背、葉之短長，可隨人意。余素好種花，尤善養水仙。以刀劃者，兩旬而開；置諸几上，足供清玩。惜賽花之舉，今已零落；而市所售之水仙頭，亦不及從前之肥大也。

239 踏蹺之戲

「踏蹺」即高蹺，以雙木縛足而行。高四、五尺，裝演故事。宋時已有此技，《武林舊事》謂：「元夕舞隊有踏蹺之戲」。而臺灣所演者，以福州人爲最。又有「肩頭戲」，以齠秀男女屹立肩上，沿街演劇，步武自如，亦一技也。

240 菜市埔看煙火

里諺有言：「煙火好看無賴久」。此言富貴榮華之易謝耳。若菜市埔之煙火，自初夜至於黎明，連綿不息；觀者垂頭欲睡，而放者猶興高采烈。

前時臺南商務尚盛，內城外有砲店十餘家，公祀祝融之神；每年花朝前後，至菜市埔大放煙火，誠春宵之樂事也。劉芑川〈海音詩〉云：「火樹千叢映絳霄，年年菜市鬧花朝；路旁掩泣誰家女，失卻髩邊翠玉翹。」

241 五毒日

五月五日，俗稱「五毒日」。佩香囊、簪艾葉，以雄黃酒洒地，謂可以辟毒蟲。向午，小兒輩肩一龍首，前導者持小旗、執熔枝，鳴金擊鼓，以祓不祥，謂之「請龍」。

按《淮南子．要略操》：「舍開塞，各有龍忌。」許愼注：「中國以鬼神之事曰忌。北胡、南越皆謂之『請龍』。」是「請龍」之舉出於秦、漢，而臺灣尚沿其俗。《墨子．貴義篇》：「子墨子北之齊，遇日者❶。日者曰：『帝以今日殺黑龍於北方；而先生之色黑，不可以北。』」《鬼谷子》亦曰：「盛神法五龍」。陶弘景注：「五龍，五行之龍也。」此為古代日者之言；而臺灣尚傳其術，亦非無據。

【注釋】

①占候卜筮的人。

242 龍舟盛會

端午競渡，其來已久。五十年前，臺南商業尚盛，「三郊❶」之外，又有「洋行」。先期製錦標，附彩物，裝詩意，導以鼓吹，遊行市上。至時各駕龍舟，集於五條港口；鳴金爲號，擊槳如飛，以奪錦標爲勝。觀者雜遝，數日始罷。誠可謂海國之水嬉，而昇平之樂事也；而今亡矣！

【注釋】

①郊，是由若干商號集結而成的商業集團，掌控對外貿易。

243 中秋迎紫姑

中秋之夕，小兒女集庭中。兩人扶一竹椅，上覆女衣一襲，裝義髻，備鏡奩、花米、刀尺之屬；焚香燒紙，口念咒語，以迓「紫姑」（臺人謂之「椅仔姑」）。至則其椅能動，問以吉凶則答；如聞呼嫂聲，則神忽止。或曰紫姑某氏女，爲嫂所虐，殺而埋諸豬欄，故向是處以迓；聞呼嫂而驚走也。

按唐孫顧《神女傳》：「世有紫姑神，古來相傳是人妾，爲大婦所嫉，每以穢事相役；正月十五日感激而死。故世人以是日作其形，夜於廁間或豬欄邊呼之，祝曰：

『女胥不在（是其婿名也）；曹姑亦歸去（即其大婦也）；小姑可出戲！』捉者覺重，便是神來。奠設酒果，即跳躞不住。占眾事，卜行年，蠶桑好則大儛，惡便仰眠。」是紫姑之事，其來已久；而臺灣所傳略異。

244 臺南建醮

臺南建醮之時，先擇寬曠之地，設置神壇，曰天師壇、曰觀世音壇、曰玄天上帝壇，裝飾華美。以七巧棹陳列壇內，上置金石古玩，多方羅致，以誇珍異。臺南故家舊多收藏，平時秘不示人，排壇始肯出展，亦可以供觀覽也。壇前之左置一巨瓶，高二尺餘，上插蓮花；右則一大盤，徑大近二尺，插曇花。二者爲佛教清淨之卉，非此不足以表其莊嚴。

建醮之時，常在春秋佳日，故壇內多名花；此則他處所無也。他處之壇，雖有臺南之偉麗而無臺南之華貴。

245 臺閣爭奇鬥艷

迎賽之時，輒裝「臺閣」，謂之「詩意」；而多取小說牛鬼蛇神，見之可哂。夫「臺閣」既曰「詩意」，則當采詩之意、附畫之情、表美之術，以成其高尚麗都之致，而後足以盡其能事。

唐人絕句之可爲「詩意」者甚多。如「沉香亭畔」、「銅雀春深」，活色生香，風流綺絕；而「豆蔻梢頭」、「珠簾盡捲」，尤足以現其盈盈嫋嫋之態。前年稻江迎賽，江山樓主人囑裝一閣，爲取小杜「秦淮夜泊」之詩。閣上以綢造一遠山，山下爲江，一舟泊於柳下。舟中人紗帽藍衫，狀極瀟洒，即樊川也；旁立小奚。樓中麗人手抱琵琶，且彈且唱。遠山之畔，以電燈飾月；影落水上，夜色宛然。而樓額書「江山樓」三字，一見知爲酒家。是於詩意之中，復寓廣告之意，方不虛耗金錢。

先是，余居臺南，見迎天后裝閣極多，毫無意匠，乃向當事者言。翌年，綢緞商錦榮發號石秀峰氏請余設計，爲裝「天孫織錦」，以示綢緞商之意。博望船頭，又置支磯石一方，主人之姓也。閣上器物悉以綢緞造成，復以探照燈爲月；月旁七星，以七色電燈爲之：光輝閃爍，狀極美麗。觀者數萬人，莫不稱讚，而「詩意」之能事畢矣。

246 別開生面的「詩意」

凡裝「詩意」，不得不取材閨閣柔情密意、悱惻芬芳；《離騷》之「香草美人」則其例也。凡裝「詩意」，所以表現者，莫如樓臺花木。樓臺以指其地、花木以明其時，布置適宜，情景俱備，遠近點綴。若俗手爲之，未有不粗且笨者。臺灣之有「詩意」，可謂美術界之別開生面也。

247 十里為一鋪

迎神之時，路關前導。有一男子，戴竹笠、穿號衣、佩雨傘，左肩垂一豚蹄、一壺酒，手持小鑼，沿道而鳴，謂之鋪兵；是爲傳命之人。明制：衝要之路設鋪，置鋪司、鋪兵；鄭氏因之，清代復用之。故臺語謂「十里爲一鋪」。

248 無旗不有

臺南有言：「安平迎媽祖，無旗不有。」十數年前，余歸自北京，時適歐洲大戰，百業勃興。臺南奉迎天后，綢緞商之以綢緞制旗者無論矣；而金銀商亦以金銀製旗，或以金銀環綴合而成，光彩奪目。於是而五穀店、材木店、餅店、香店，各以其物作旗：五花十色，炫煌於道，眞是「無旗不有」。

及余寓臺北，越十二年始歸，光景已變；雖迎天后，零落不堪。乃知一盛一衰亦關經濟，況於國計民生也哉！

249 擲砲城

安平迎神之夜，有「擲砲城」之戲。架竹爲櫓，高近二丈，上置砲城。擲者以鞭炮燃火投之，如中砲城之引心，則萬雷齊發，火光四迸，內有火鼠蒼黃奔竄；觀者逃避，歡呼拍掌，亦一快事。

250 自吹自擂

賣肉者吹螺、賣錫者擊銅鉦、賣雜細者搖鼗鼓❶，別有一種音調。

【注釋】

① 鼗鼓，小鼓也。猶如今之撥浪鼓。

251 親迎之禮

親迎之禮，臺南士紳家多行之；其不行者謂之「俟堂」。娶婦之時，媒妁乘轎前導；以一男子挑一擔，有盤八層，上置紅酒兩瓶、鴨一雙、豚肩一、羊腿一、鹿脯二、明筋二及冰糖、冬瓜之屬，謂之「禮盤」，爲初見長者之贄。臺灣無雁，代以鴨；即「奠雁」之禮也。

女家收之，酬以香蕉、鳳梨、大芋、紅橘，謂之「招來豫吉」；頌辭也，呼音相同。而臺北謂之「屎尿盤」；謂女母幼時爲滌污穢，故以此報之。

索聘之時，必議盤價，多者數百金、少亦數十，謂之「打盤」。余居稻江十二年，詢之里人，始悉其事。嗟夫！同一禮物而稱謂互異，民俗之文野可判矣。

252 臺中婚俗

臺中娶婦之時，以一男子持生竹一枝，上繫豚肉，前導而行，謂可「制煞」；臺北亦然。此則蠻野之俗也。臺中娶婦鮮行親迎之禮；謂親迎者不幸妻死則不得續娶，故忌而不爲。然聞林蔭堂觀察曾行親迎，而夫妻偕老，子女成行，處富安榮，爲眾所羨；則里俗之言誕矣。

253 周歲之禮

兒生周歲曰「度晬」：「度」，「過」也；「晬」呼「濟」，「周年」也。俗以筆墨書算及錢銀、紅龜、香蕉之物凡十二，置兒前（女子則易以脂粉、刀尺），任兒擇取，以驗意向，謂之「試周」。是日親朋饋物致賀，設宴酬之，謂之「晬盤」。

按《顏氏家訓》：「江南俗：兒生一期，爲製新衣，盥浴裝飾，男則用弓矢紙筆、女則用刀尺針縷及珍寶玩物置之兒前，觀其發意所取，以驗貪廉、智愚，謂之『試兒』。」是六朝已有此俗。

254 有孝後生來弄鐃

臺俗喪事之時，輒延僧道禮懺，以資冥福；非是，幾不足以事父母。故里諺曰：「有孝後生來弄鐃，有孝查某囝來弄猴。」「後生」者，男子子也；查某囝者，女子子也。和尚誦經之餘，擇一廣場，以弄鐃鈸，或以兩僧競之。而道士則扮演十出[1]，如「目連救母[2]」；因其鄙野，故謂之「猴」。鄉曲土豪，至召四平班演秦檜夫妻地獄受刑之事：燈燭輝煌，鑼鼓喧鬧，弔者大悅。

夫父母之喪，爲人子悲痛之時；乃信僧道邪說，糊紙厝、燒庫錢、打獄門、放赦馬，損財費事，誇耀里閭！或告其非，則曰：「瞞生人目，答死人恩。」夫生人之目雖可瞞，而死人之恩豈得答？安得二、三君子出而矯正，以復於喪祭之禮也哉！

【注釋】

①出，古代戲曲稱一段為一出。也作「齣」。
②民間最流行之佛教故事，目連為釋迦牟尼十大弟子之一。母死，淪落餓鬼道中，目連入獄救母，使母得以脫離惡鬼之苦。

255 唐山客

好客之風，臺灣爲盛。蓋我先人皆來自中土，闢田廬，長子孫，以建立基業；故中土人之來者，多禮待之。臺人謂漳、泉曰「唐山」，稱初至者曰「唐山客」。「唐山客」之來，或因鄉黨、或由親朋，互相援引，咸有投宿之處。其無事而寄食者謂之「攏幫」；「攏幫」，馬來語也。

256 好客

鄉村之間，待客尤殷。建醮迎神，每多盛設；遠地之來者，無論知與不知，咸喜款待，以多爲榮：此美俗也。從前交通未便，行旅之過其地者，日暮途遠可以借宿，待之如家人。番社亦然。

257 刻苦之風

〈大田〉之詩曰：「彼有遺棄，此有滯穗，伊寡婦之利。」此言周代農村之美風也。

而臺灣亦有此俗。貧家婦孺遇收冬時，拾遺取滯，日得數升；其在平時，擺土豆、卻番薯、剝菜甲，亦可果腹。故臺灣雖極貧之人，未聞有餓死者。不幸而爲鰥寡、孤獨、廢疾之身，鄉黨中亦多救卹；公家又有養濟、卹嫠、育英諸善政，貯款生息，月給米錢，由紳辦之。今皆已籍沒，而經濟壓迫之苦，遂有失業而自戕者，是亦文明之惠也歟？

258 彰化養濟院

痲瘋之病，俗稱痞痾；其疾難治，所謂天刑者也。西曆十八世紀間，英國始建醫院醫之。而臺灣之設，早於英國者六十年；世界醫學史多稱譽，而臺人弗知也。

《臺灣府誌》載：「彰化養濟院，在縣治八卦山下。乾隆元年，知縣秦士望建；收養痲瘋廢疾之人而醫治之，約四十人。」此則文明之設施也。

臺灣僻處海上，開闢較後；三百年中之建設，其裨益人群者當亦不少。而今之學子震於西洋物質之文明，遂以陋自慊，是亦不知歷史之失也。

259 拔繳

「拔繳」（按：臺灣語謂賭博曰「拔繳」）之害，盡人知之；而行險者每徼倖。故俗諺曰：「一更窮，二更富，三更起大厝，四更斥無赴。」言其成敗之易也。今之爲股票、期米之買賣者，當作如是觀。

260 男子「十要」

男女相暱，以情乎？以財乎？抑以勢乎？《水滸傳》王花婆之說風情，已覺淋漓盡致。臺南里中謂：男子之對女子須有十要。何謂十要？一錢，二緣，三水，四少年，五好腳，六好嘴，七牽，八迷，九強，十敢死。而女子之對男子則未聞。余在廈門，廈人謂妓女之遇嫖客凡五等：一、親夫若婿，謂視之如夫婿也。二、心內愛，謂意中人也。三、提錢來買菜，謂但索其財也。四、半嗔鎮鋪蓋，謂拒之不去也。五、慺死護人刣❶，謂怨之而詈也。此與金山寺僧之待檀越有坐、請坐、請上坐之分，其冷暖厚薄豈有異哉？

【注釋】

①慺死護人刣，意謂嫖客惡行惡狀，死皮賴臉，讓妓女束手無策。

261 伙計與辛勞

語云：「入鄉問俗，入國問禁。」此旅遊者之所要也。夫同處一地同操其語而用意不同，則尤不可不知。臺南商家謂所用之人曰「伙計」，猶言火伴也；而臺北以此為野合之男女。蓋臺北開發較緩，建省之後商務勃興，來者多無家室，臨時姘合復慮人知，遂藉言「伙計」；而稱所用者為「辛勞」，猶言勞工也。

又，臺南傭者謂所主曰「帶」，「帶」猶附也；而臺北女子之爲人外婦亦曰「帶」，自諱之辭耳。夫同一名也，美惡既殊，何論是否！故楚人謂玉未琢者曰「璞」，而宋人謂死鼠亦曰「璞」。

262 一錢二父子

「非孝之論」，近時頗盛，且多出於縉紳之家。臺中某氏，巨族也；比年，子之訟父以爭財產而泥首公廷者，已有五起。諺曰：「一錢二父子」，信然！

263 豪賭

「食」，賭語也。《戰國策》：「孫臣謂燕惠王曰：『主獨不見夫博者之用梟乎？欲食則食，欲握則握。』」今臺灣豪賭之人猶曰「食一注」，其語久矣。鄉曲小兒以石子五粒爲賭，或握一而放四、或握二而放三，照數呼之，上下其手，謂之「食頭一」；「一」呼如「疾」。而臺中謂之「食一」、臺北謂之「食孤」。

264 所見各殊

臺人有言：「像天各樣月」。謂同一事物，而所見各殊也。以今觀之，實有其理。蓋同在一地而陰陽曆之月不同，或言三月、或言四月，孰是孰非，各持其說。故里諺曰：「五百人同軍，五百人同賊。」

265 萬水朝東

「落溜」即「落漈」，以喻人之落入圈套也。《瀛涯攬勝》謂：「弱水三千，舟行遇風，一失入溜，則水弱而沒溺。」《吾學編》：「澎湖島海水漸低，謂之落漈。舟行誤入者，百無一反。」《臺灣志略》載：「康熙二十三年，福建陸路提督萬正色有海舟將之日本，行至雞籠山後，為東流所牽，抵一山漸息。迨後水轉西流，其舟仍回至廈門。此則所謂萬水朝東者也。」

266 拔番仔樓倒

臺南豪賭之人，旁觀者輒曰：「拔番仔樓倒」。蓋謂輸贏之款，須待「番仔樓」倒而後償也。「番仔樓」者，赤嵌樓也，爲荷人所建，壯麗堅牢，俯瞰大海。歸清後，久閉不用。

光緒紀元，沈文肅公視師臺南，改建海神廟，而番仔樓倒矣。臺人之諺曰：「針鼻❶有看見，大西門無看見。」謂其見小失大也。大西門爲通海孔道，商廛櫛比、樓櫓宏壯，爲臺南第一。今市區改正，環城拆毀，而大西門亦不見矣。

詩曰：「高山爲谷，深谷爲陵。」世事之變遷，豈僅一樓一門也哉！

【注釋】

①針鼻，即針孔，比喻小也。

267 鄉土誌

古人有言：「一物不知，儒者之恥。」夫以宇宙之大、庶彙之眾，吾人側立其間，藐然微小，何能盡知！唯吾生長之地，山川人物、禮俗民謠，則不可不知其大概；知之而介紹人可也，知之而介紹於世界尤可也。今之談鄉土文學者，胡不各就其地之山川人物、禮俗、民謠編成鄉土誌，以保存一方之文化？捨此不為，僅談文學，是猶南轅而北轍也；可乎哉？

268 一枝草一點露

「優勝劣敗」之說，倡自達爾文；然世上之萬事萬物，優者未必勝、劣者未必敗。何以知之？臺人之言曰：「一枝草，一點露；隱龜兮雙點露。」（按：臺灣語謂「傴背」曰「隱龜」。）古來英偉之士，每多不遇，抑鬱以死；而支離擁腫者，反得勢乘時，博取富貴，以耀里閭。豈天演之破例歟？不然，何其陂耶？

269 食無油菜湯

臺灣有一里諺，雖非讖語，而與讖語略同。其言曰：「食無油菜湯，困無腳眠床；參有衫無褲兮作伙行。」此為何等人？旁觀一思，便知其概。

270 東海鐘聲

癸亥之冬，余在稻江；適林小眉歸自鷺門，歲闌多暇，乃邀莊瘦民、蘇菱槎、王怡軒、林季丞、魏潤庵諸子為詩鐘之會。計得數百十聯，各格俱備。因屬小眉揀其佳者，分載《臺灣詩薈》，所謂「東海鐘聲」者也。今小眉在廈、菱槎在泉、怡軒在閩，瘦民且逝；而余亦遄歸故里，閉戶讀書，不復與北人士相聞問。回首前塵，曷勝惆悵！

271 富家子弟麻燈債

「刻薄成家，理無久享！」此古諺也，人人知之而人人昧之。嘗見富室之人孜孜爲利，節衣減食，以遺子孫；而子孫每多放蕩，至借「麻燈債」以供揮霍，似恨其祖若父之不早死也。「麻燈債」者，利或一倍、或數倍，必待其尊長之沒，門懸麻燈而後索還。故有身死未久，財產俱盡；鄰里之間，且多物議。然則爲富人者亦何苦而造此冤孽錢哉！

272 五虎利

放重利者曰「五虎利」，亦曰「管甫利」。「五虎利」者，借錢一百，每日納息五文；至還母之日爲止。操此業者，多屬「管甫」。清代戍臺之兵，調自福建各營，分汛各地以管治安，故稱「管甫」。臺南有張某者，亦讀書人，素放重利，人呼「張管甫」；擁資雖厚，而子孫多夭折，已不能保有矣。

273 撚虎鬚

「虎鬚黨」者，謂設計害人也。市上有「撚虎鬚」者，手握三籤，藏頭露尾；一頭繫紅繩，垂於外，若可辨、若不可辨。猜者掛錢其梢，以得紅繩者爲勝，償三倍。然隨手抽換，鮮能中，輒罄其資；鄉愚多被所紿，貪其利也。故里諺曰：「『貪』字『貧』字殼。」今之虎鬚黨，手段較高，騙款尤巨；而人竟墜其術中而不悟，亦貪之患也。

274 臺北嫁女索厚聘

里諺有言：「烏貓白肚，値錢二千五。」此數十年來之語也。

今時臺北「烏貓」値錢若干，或曰「三八」、或曰「二百五」、或曰「六百零六」，唯在愛者之厚薄耳。臺北嫁女多索厚聘，平常須四、五百金；若畢業「公學」者則千金、職業學校者二千金，高等女校者三千金，爲教員者倍之。

余居北時，聞大龍峒一教員索聘萬金；蓋非是不足以表女之美麗、增女之聲價。故父母愛之，女亦喜之。夫婚姻論財，夷狄之道。獨怪爲女子者，既受教育、又爲人師，乃甘以身賣人，豈親命不可違乎！臺北多讀書明理之士，胡不出而禁之？

275 布施是福

因果之說，庸愚信之，而頗有其理。臺北之人見有貧病災厄者，則咨嗟而言曰：「無捨施！」蓋佛教以布施爲福田，謂此生所爲，來世當受；而此貧病災厄者則不然，故受苦報也。夫惻隱之心，人所同有。博施濟眾，雖不必求未來之福，但當盡力所能爲者而爲之，亦可無憾。

276 釋道混一

釋、道二教，各有眞理。末流所趨，唯利是視；污衊本尊，受人唾棄，亦可鄙也。夫「餤口」爲釋教施食之法，而道士行之；「拜斗」爲道教求福之禮，而和尚效之。故臺諺曰：「和尚偷學道士兮拜斗，道士偷挓和尚兮啖口。」是其互相剽竊，獵取金錢；而愚夫愚婦甘受欺罔，何其昧也！世之沉溺於報應禍福之說者，胡不反求諸己？而乃願為宗教之奴隸，尤可憐憫！

277 雞籠採金

臺灣產金，其來已久。故老相傳，必有大故。按陳小厓《臺灣外記》謂：「康熙壬戌，鄭氏遣官陳輝往淡水雞籠採金。一老番云：『唐人必有大故。』眾詢之，曰：『昔日本居臺採金，紅毛奪之；紅毛來採，鄭氏奪之。今又來取，恐有易姓之事！』明年癸亥，我師入臺。」

278 嘉義「二十三將軍」

嘉義為臺南右臂，而舊時戰守之地也。故老相傳一馬、一犬之事，余聞而嘆曰：「犬馬，畜也，而為人所尚若此，則人之不及犬馬者又何如！」

先是，朱一貴之役，北路營參將羅萬倉嬰城守。及戰，陣沒；乘馬逃歸，濺血被體。妾蔣氏見而哭曰：「吾夫其死矣！」遂自縊。馬亦悲鳴而死，人以爲烈。林爽文之變，有兵二十有二人防堵拔仔林莊；夜半被襲，皆殪，無有知者。一犬走入營，大嗥；守兵怪之，從之行。至，則二十二人之屍在；乃葬之，犬亦跳踉死。事後，嘉人士建祠於西門內，並祀犬，稱爲「二十三將軍」。

279 母親稱「阿姐」

研究方言，饒有興趣。每有一語一音而知古代民族之交通，此歷史家之要務也。《管子．形勢》：「抱蜀不言」。注：「則抱一」。《方言》：「一，蜀也。」《廣雅》：「蜀，一也。」此爲齊語，音若束。而今福州人呼「一」爲「蜀」；蓋當漢初平定閩越，齊人從軍，故傳其語。

《方言》謂蜀人呼母爲「姐」，而泉州之深滬亦呼爲「姐」。余友蔡培楚，深滬人也。其姪孫生一年有四月，牙牙學語，則呼其母爲「阿姐」。余細察其音，與「姊」不同：「姊」音爲「薺」而「姐」若者。是「阿姐」一語，由四川而入福建，復由福建而入臺灣，其語源固有可尋也。

280 祖家英國

臺灣語中有所謂「食教話」者，別成一種。蓋教會牧師學習臺語，根據《廈門字典》；而《字典》所載多用文言，於是牧師操之、傳道者亦操之、入教者復操之，遂成別調。其最壞者，則稱英國爲「祖家」、謂英國之貨爲「祖家貨」，竟自忘其爲何國人，哀哉！

281 臺北妓

紹興酒，酒也，而僅曰「紹興」；臺北妓，妓也，而僅曰「臺北」：是地以人傳也。三十年來，交通便利，山陬海澨莫不有「北妓」之足跡。或呼之曰「北彪」。《說文》：「彪，虎文也。」是其姿首妙曼、衣服麗都，固儼然一「虎」也。

282 三字經

鄉塾兒童入學之時，蒙師課以《三字經》或《千字文》，並以「上大人」紅字帖教之描寫。此三書爲何人所作，詢之蒙師，無有知者。按《廣東新語》：「宋末區適子撰《三字經》。適子，順德人，字正叔。入元，抗節不仕。邵晉涵詩：『讀得黎貞三字訓』。注：『三字經，南海黎貞所撰。』是此書區氏作始、黎氏續之，故多元、明統系。今坊間刻本，又有續者。」

《尚書故實》：「梁武帝於鍾、王書中拓千字，召周興嗣韻之，一日綴成。」故今坊刻稱周興嗣撰；然《梁書》、《南史》皆以爲王羲之書。按《鬱岡齋帖題》曰：「魏太傅鍾繇千字文，右軍將軍王羲之奉敕書。其起句云：『二儀日月，雲露嚴霜；夫貞婦潔，君聖臣良。』結二句與周氏同。」則此書固有二本矣。

張爾岐《蒿菴閒話》謂：「禪宗正派載提刑郭功甫謁臨濟白雲禪師，禪師上堂曰：『夜來枕上得個山頌，謝功甫大儒遠訪之勤，當須舉與大眾：則上大人，丘乙己，化三千，七十士。爾小生，八九子，佳作仁，可知禮也。』」是宋時已有之。

283 鄉塾教本

鄉塾所讀《四子書》之外，有《千家詩》。按宋劉後村有《類纂唐宋千家詩選》，皆近體；為初學而設也。今坊刻之《千家詩》，多自後村所選者而增刪之；有明太祖〈送楊文廣征南之作〉，是明人所輯。然所收僅數十人而仍稱千家，則竊後村之名也。

284 貧家子弟讀書

貧家子弟無力讀書，為人學徒；以數錢買《千金譜》一本，就店中長輩而讀之，可識千餘字。是書為泉人士所撰，中有方言；又列貨物之名，為將來記帳之用。若聰穎者，可再讀他書及簡易尺牘並學珠算，不三、四年可以略通文法，而書算皆能矣。

285 漳、泉語音混合

臺灣語音有漳、泉之分，輕重稍殊。大體而論：沿海多泉，近山多漳；以泉人重商而漳人業農也。臺南爲鄭氏故都，漳、泉聚居，故語音混合。余撰《臺灣語典》，則以臺南爲主，而各地附之。

286 荷蘭甲螺

荷蘭語之存於臺灣文獻者，尚有「甲螺」一語。《臺灣府誌》曰：「甲螺郭懷一作亂」；又曰：「甲螺何斌負債走廈」。作者以爲通譯。然郭懷一爲開墾業戶、何斌爲收稅吏，則「甲螺」當爲官名，如今日東印度華人之爲「甲必丹」也。

287 柴城與車城

柴城，在恆春轄內。林爽文之役，鳳山莊大田起兵應，及敗竄琅璠❶，參贊大臣海蘭察逐之，駐軍於此；伐木立柵，因稱「柴城」。俗誤「車城」，音相近也。

【注釋】

①琅璠，一作瑯璠。

288 拔劍得泉

國姓埔，在淡水東北；相傳延平郡王上陸之處。按史：「永曆十八年，福建總督李率泰約合荷蘭攻臺灣。十九年，荷人據雞籠；嗣王經命勇衛黃安督水陸師逐之。」是北鄙者固鄭氏軍威所至之地，非延平之親臨之也；故淡水拔劍得泉之事，亦屬附會。按「拔劍得泉」見〈大稻江天后宮井欄記〉，余有「書後」，載集中。

289 毘舍耶國

《文獻通考》：「琉球國，在泉州之東。有島曰澎湖，水行五日而至。旁有毗舍耶國。」《臺海使槎錄》謂：「毘舍耶國以情狀考之，殆即臺灣。」按毗舍耶爲斐律賓島之一，與臺相近，其名猶存。

290 婆娑洋

臺灣處大海之上，風濤噴薄；從前舟楫不通，至者絕少。《海東札記》謂：「《名山藏》所載『乾坤東港，華嚴婆娑洋世界，名爲雞籠』，則指臺灣。」富陽周凱以「婆娑洋」在臺灣海上，而同安林豪謂在澎湖；二說未知孰是？

291 臺灣「烏鬼」

臺灣地名，多有「烏鬼」之跡。烏鬼者，非洲之土人也；色黑如墨，性愚而勇。葡、西二國之開美洲也，每購其人，從事勞作，役之如牛馬，謂之「黑奴」。而荷蘭經營臺灣亦用之，故「烏鬼」所至尙留其名。《臺灣縣誌》曰：「烏鬼埕，在東安坊。紅毛時，烏鬼聚居於此。」又曰：「烏鬼井，在鎮北坊。水源極盛；紅毛命烏鬼所鑿，舟人咸取汲焉。」又曰：「烏鬼橋，在永康里。紅毛時，烏鬼所築。後圮，里眾重建。」而《鳳山縣誌》亦曰：「烏鬼埔山，在觀音里。相傳紅毛時，烏鬼聚居於此。遺址尚存，樵採者嘗掘地得瑪瑙珠、奇石諸寶；蓋荷蘭時所埋也。」又曰：「小琉球嶼天臺澳石洞，相傳舊時烏鬼番聚族而居。後泉州人乘夜放火，盡燔斃之。」

292 阿緱即屏東

阿緱，即今之屏東，在下淡水溪之南。平疇萬頃，物產豐饒，固土番部落也。《臺灣外記》曰：「林道乾據打鼓山，餘番走阿猴林。」《臺灣雜記》謂：「鵶猴林，在南路草目社外，與傀儡番相接。深林密竹，不見日色，路徑錯雜。傀儡番常伏於此，截取人頭以去。」此為二百數十年前事，今已為富庶之區。「阿緱」固番語，猶言「大竹」；故曰「阿緱林」。歸清後，以下淡水溪流域為大竹里，譯其義也。

293 臺灣、埋冤

臺灣之名，始於何自？或曰「岱員」、或曰「埋冤」。由前之說，是為仙境；由後之說，是為鬼窟。我輩生斯、長斯、聚族於斯，何去何從，在於自釋；故以今日之臺灣而為（？）。

294 翻譯地名

臺灣地名多沿番語，有譯其音者、有譯其音而改為正音者、有取其一音而變為華言者。如大穆降❶、噍吧哖❷、貓霧捒❸、卑南覓❹，譯其音也。又如豬羅之為諸羅、雞籠之為基隆、貓裏之為苗栗，則改為正音也。若夫噶瑪蘭之為宜蘭、阿罩霧之為霧峰，則取其一音也。唐代翻經，多有此例。臺灣地名，雅俗參半；然如秀姑巒、璞石谷、斗六門、葫蘆墩，雖本番語，而一經點染，便覺典贍。乃知翻譯地名，固未可草率從事也。

【注釋】

①大穆降，今台南縣新化市，又稱「大目降」，為平埔族群居地。

②嗅吧年，今台南縣玉井鄉。

③貓霧捒，今台中市南屯區，「貓霧捒」為平埔族巴布薩的閩南語譯音。

④卑南覓，台東舊稱。

295 地名的深義

臺灣地名，有用山川者、用史實者、用人名者。如林圮埔、林鳳營、吳金城、陳有蘭溪，則以開創之人而名其地，以志弗忘。其用山川者，如鹿耳門、如白沙墩、如大甲溪、如鹽水港，則其著也。澎湖之將軍澳，爲隋代陳稜駐師之地；恆春之統領埔，爲鄭氏將卒屯田之域；新竹之紅毛港，爲荷蘭人艤舟之所；臺中之平台莊，爲福康安戰捷之跡。文獻俱在，滄桑忽改，今時子弟已少知者；況於百數十年後哉！

296 詩人不知史

荷蘭之時，歸附土番凡六社：曰蕭壠、曰麻豆、曰新港、曰大穆降、曰大傑巓、曰目加溜灣，皆附近赤嵌者也。三百年間，漢人入處，闢田廬、長子孫，既富且庶，已爲文物之鄉矣。

曩年某氏歸自廈門，作《臺灣雜詠》，猶以蕭壠、麻豆爲狉榛之地。蓋其所據者爲臺灣舊誌，而舊誌所載爲二百年前事。詩人之不知歷史，無怪其然。

297 到處是國姓

延平郡王爲臺烈祖，威稜所被，遠及遐荒；故臺之地名，每冠「國姓」二字，昭其德也。余撰《臺灣地名考》，就其著者而言之：如臺南之國姓港、臺北之國姓埔、臺中之國姓莊，皆史跡也。而大甲鐵砧山有國姓井，相傳延平駐師，拔劍砍地，有泉湧出，至今不涸。實則延平入臺，翌年而薨，未嘗至諸羅以北。蓋凡鄭氏兵力所至之地，皆稱「國姓」；日月也由我而光明、山川也由我而亭毒、草木也由我而發皇，偉人之功大矣哉！

298 更名之輕率

鄭氏之時，奠都赤嵌，命名「東都」，則今之臺南市也。永曆十五年，分汛諸鎮屯田，寓兵於農，以圖再舉；今之地名猶有存者，其詳具載《臺灣通史》。故老相語、婦孺周知，國姓威稜，永傳天壤。

曩者下村海南❶長臺時，曾舉臺灣地名悉爲改易，其甚者以援剿莊爲燕巢、謂林圯❷埔爲竹山。夫援剿莊爲援剿鎮墾田之地、林圯埔爲林參軍開闢之野，一遭改易，而史跡破滅矣。人非燕子，底事爲巢？山是總名，何處無竹？海南之自作聰明，不知其何所據？後有作者，能不起而非之乎！

【注釋】

①下村宏，號海南。一九一五年，第六任日本駐臺總督安東貞美聘請下村宏來臺，擔任民政長官。

②林圯，福建同安人。鄭成功部將，追隨鄭成功平臺後，執行屯墾政策，率軍至斗六門墾荒，並往竹山一帶推進，與當地原住民發生衝突，被殺，當地因此稱為「林圯埔」，日據時代改名竹山。

299 碑文之謬

林爽文既平之後，清高宗自撰碑文，立石熱河文廟，以紀武功。其辭有曰：「斗六之門，爲賊鎖鑰；大里之杙，實其巢落。」當時侍從之臣，多屬弘博之士，無有敢言其誤者。夫斗六門、大里杙，均以番語而譯華文。若曰「斗六之門」，猶可言也；而曰「大里之杙」，將作何解？高宗數興文字獄，一字之謬，輒下罪譴；而自謬若此，所謂明於觀人而闇於觀己也！

300 典雅之言

林茂生氏謂余：「子撰《臺灣語典》，搜羅既廣，而從來訾罵之言亦曾收歟？」

余曰：「否。余之《語典》，將以保存高尙典雅之言，俾傳久遠；而粗獷者、淫穢者，俱在屛棄之列。夫臺灣之語，非僅用之臺灣；近自漳、泉，遠至南洋列島，範圍甚廣。臺灣語之高尙典雅，無人知之；而余爲之表明，是余之志也。豈可以侮人之言而自侮哉！」茂生曰：「善！」

301 不能操臺語

顏之推氏有言：「今時子弟，但能操鮮卑語、彈琵琶以事貴人，無憂富貴。」噫！何其言之惋而戚耶！今時子弟能操「東語」、唱「和歌」而不能富貴；幸而得事貴人，不過屬吏下士。一朝得志，趾高氣揚，則不屑操臺語，若自忘其爲臺人矣！

霧峰富人子留學東京數年，不能操臺語。或告之曰：「汝他日歸家，將何以與汝父談話？」曰：「吾倩一通譯可耳。」此所謂「似我教育」也。霧峰爲「同化主義」發源之地，宜其有此子弟！

302 臺灣文學之路

文學革命，聞之已久，至今尚無影響。夫革命者在內容不在外觀，則精神而不在形式也。臺灣今日文學之衰落，識者皆知其然，而不知其所以然。其所以然者，則不好讀書之敝也。夫不好讀書，則不知世界之大勢、不稔社會之進化、不明人生之眞義；渾渾噩噩，了無生趣，而文學且熄矣。舊者將死、新者未生，吾輩當此青黃不接之時，尤當竭力灌輸，栽培愛護，以孕璀璨之花。臺灣今日之環境，萬事萬物皆不如人；而此縱橫無盡之文學，乃亦不能挺秀爭奇爲世人所賞識，寧不可恥！

303 潛園主人

臺灣僻處海上，藏書較少；金石、書畫之屬，亦不易睹。余聞新竹林鶴山收庋頗多，而身沒之後流落殆盡。有琴一張，爲洪逸雅所得；上刻篆文「萬壑松」三字，是其名也。又有「神而明之」四字，亦篆文；下有銘：一曰「潛園主人平生眞賞」、一曰「希元林氏一字次崖」，又曰「林氏子孫永寶用之」（潛園即鶴山之園）。復識之曰：「此琴製自唐肅宗至德二年，質堅如玉，練紋作牛毛梅花斷。撫之，音韻清揚而遠，洵千年彝器也。本同安理學家次崖先生所藏；因遭兵燹，歸登瀛陳氏。傳五葉，余力購得之。夫石泐金寒，物久必弊；茲豈有神物護持，故得此不壞身耶？如顯慶車存、如靈光殿峙。張此以和古松，共諧宮徵。咸豐癸丑中秋，銘於香石山房。占梅鶴山氏並書。」鶴山又有〈萬壑松琴歌〉一首，載《潛園琴餘草》。

304 「鴻指園」事略

鴻指園，在舊臺灣府署內：則鄭氏之承天府也。乾隆乙酉春，知府蔣允君始建此園，並為文立石以記之。記曰：

「署西偏，廣可數畝。榕三株，蟠根屈曲，《志》稱「榕樑」；枝葉展翠，又稱「榕屏」：舊四合亭址也。歲久且蕪，予就而新之：芟荒塗、鑿深沼、護花欄、砌曲徑。別作堂宇，以為遊觀：中列三楹，盛宴會也；左縛小亭，備遊憩也；右架層榭，憑眺望也。夫古人流連景物，偶然寄之，去無所貪、來無所戀。漢水、峴山陵谷變遷，歐陽公嘗譏杜預、羊祜汲汲於名，是不若蘇氏「雪泥鴻爪」之說，爲足盡其義也。

予臺灣守土幾歷兩載，思海外風景，與吏民相安，百堵皆作，成於不日；所謂偶然而留，亦爲其可留者耳，果何有哉！園既成，取以額之。因書其微指於此。」

允君字金竹，貴州貴陽人。乾隆□十□年任臺灣知府，頗多建設。

【附錄一】

《雅言》成書的時代背景

民國四十七年，文化界耆宿許丙丁、黃典權等先生在臺南編印連雅堂先生所撰的《雅言》一書，書前的序文上說：

「是集作於癸酉（民國二十二年）前後，時方日化漸厲，華文就微，古都君子，戚然以懼，思漢情濃，因辦《三六九小報》以寄焉。會先生悵遊歸，見而喜之，撰文爲助。繼而闢專欄，著「雅言」，連載百號，都二四七則。」

所謂「日化漸厲，華文就微」，指的就是日本在臺灣雷厲風行地推行說「國語」（日語）、改日本姓名的皇民化運動，當時的日本總督府還出版《臺灣匪誌》等書刊，對臺灣人進行高壓統治。有鑒於日本文化的排擠效應，造成華文「就微」，因此，以趙雅福爲首的臺南地方人士，爲了宏揚中華文化而創辦了《三六九小報》。這是一份八開大小的報紙型刊物，每逢三日、六日、九日出刊（三日刊），故稱之。

《三六九小報》創刊於民國十九年（昭和五年）九月九日，丘逢甲等名士都在其上撰稿。

《三六九小報》的內容包羅萬象，舉凡時事、歷史、軼聞、掌故、文學、藝術、詩鈔、趣談等等，兼容並蓄，有如雜誌。

連雅堂在發刊第二十三號開始撰寫「臺灣考古錄」專欄；不久又闢「臺灣語講座」專欄；民國二十一年一月三日，開闢「雅言」專欄，從此連載一百期，共撰寫了二百四十七則臺灣歷史掌故，爲臺灣留下了極爲珍貴的史料，這些專欄文章，集結成書，便是《雅言》一書的的由來。

(昭和五年九月九日) 三六九小報 (創刊號)

三六九小報

三日刊

發刊小言 (刀水)

祝詞

釋三六九小報

民國十九年發行之三六九小報創刊號（局部）

【附錄二】

刻劃時代的大師：李國初

「對我來說，天下至樂之事，莫過於用刀子在木板上像野馬般往來馳騁了。雖在炎夏，暑氣蒸人，伏案奏刀，汗如雨下，汗水滴在木板上，刀子奏出擦擦的音響，但望著一片片的景物、一個個的人影，在我的手腕下徐徐出現……」

這是已故的知名版畫家李國初，形容自己陶醉在創作版畫時的情境。此一專注的精神，經常讓他廢寢忘食地投入創作中，「從午夜到天明，不知東方之既白」。

李國初，湖南益陽人，民國二十一年生，民國四十二年考進政治作戰學校藝術系，從習畫開始，就特別喜愛木刻，從此投入版畫創作三十多年。

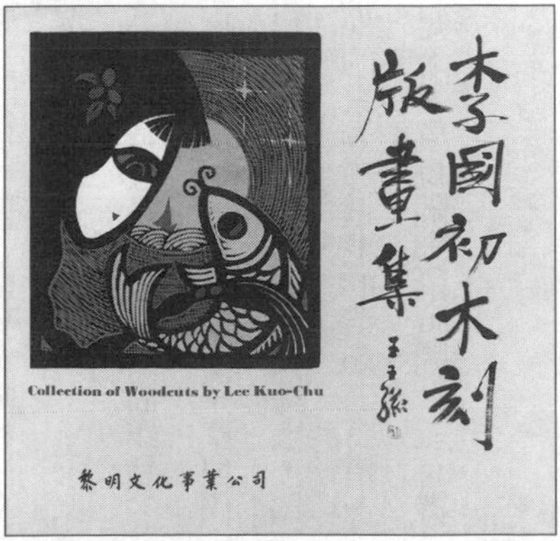

從政戰學校畢業後，奉派到金門、馬祖服役，他躬逢其盛，碰上了八二三炮戰，有一次黃昏，他到海邊寫生，突然一陣砲彈轟過來，彈片射穿了他攜帶的速寫版，全身都是煙屑和

塵土，所幸他即時臥倒，才逃過劫難！在如此艱難險阻之中，李國初耳濡目染的盡是島上那些與生活搏鬥的農村、漁民，他們向困苦環境挑戰的堅忍精神，銘刻在這位年輕藝術工作者的腦海中，也因此影響了他的創作風格，其作品的靈感、題材都來自生活所見，都反映了現實，充滿寫實風格與人道關懷。

綜觀李國初的作品，風格渾厚、構圖優美、設色典雅、技法純熟；他的創作題材，充分表現出樸拙的鄉土情趣，忠實地記錄了農業時代的臺灣生活諸貌；他的作品很早就受到國內外的肯定與推崇，三十歲即代表我國參加日本東京第三屆國際版畫展；四十歲獲全國中山文藝獎；五十一歲時在省立博物館舉辦創作三十年回顧展，盛況空前。

李國初於民國七十六年過世，留下二百多幅珍貴版畫作品，以及數量龐大的素描作品。這位一生刻苦、堅毅、厚道的軍人藝術家，有著十分溫柔敦厚的一面，他經常對妻子女兒們說：「妳們是我的第一生命，其次是我的作品，第三才是我自己。」在他的生命天秤上，爲了家庭、爲了創作，可以鞠躬盡瘁。他雖然走完了一生，但他的家人謹遵他的遺願，將這一系列嘔心瀝血的作品完好無缺地保存著；他生前念茲在茲的是，希望每隔一段時間，能有機會讓年輕學子們觀摩他的作品，從作品中有所學習與啓發。

國家圖書館出版品預行編目資料

雅言：臺灣掌故三百篇 / 連雅堂著. --初版.
--臺北市：實學社，2002〔民91〕
面；　公分. --（歷史新天地；5）

ISBN 957-2072-44-7（平裝）

856.9　　91011243